慕容素衣
著

愿你拥有一张不好欺负的脸

青岛出版社
QINGDAO PUBLISHING HOUSE

图书在版编目(CIP)数据

愿你拥有一张不好欺负的脸/慕容素衣著. 一青岛:青岛出版社,2021.1
ISBN 978-7-5552-9100-8

Ⅰ.①愿… Ⅱ.①慕… Ⅲ.①散文集一中国一当代 Ⅳ.①I267

中国版本图书馆CIP数据核字(2020)第160749号

书　　名 愿你拥有一张不好欺负的脸
著　　者 慕容素衣
出版发行 青岛出版社
社　　址 青岛市海尔路182号(266061)
本社网址 http://www.qdpub.com
邮购电话 18613853563　0532-68068091
责任编辑 李文峰
特约编辑 崔　悦
校　　对 耿道川
装帧设计 蒋　晴
照　　排 李红艳
印　　刷 三河市良远印务有限公司
出版日期 2021年1月第1版　2021年1月第1次印刷
开　　本 32开(880mm×1230mm)
印　　张 9
字　　数 140千
书　　号 ISBN 978-7-5552-9100-8
定　　价 39.80元

编校印装质量、盗版监督服务电话　4006532017　0532-68068638

你年少时的那些朋友呢，是否已经消失在人海？
好久不见，他们都还好吧？

多希望能有那么一天，我们走在街上，
见到的男男女女都长着一张不好欺负的脸，
笑容越来越开朗，眉目越来越舒展，
即使年华老去，也未曾被岁月磨去棱角。

她不应该完全沦为孩子的附庸，
而是要做孩子旁边的一棵树，
根紧扎在土里，叶相逢在风里，
每一天都在阳光和清风中相互致意，
一起快乐地成长。

当一个人学会克服自己的攀比欲和虚荣心后，
就会发现人生根本就没那么艰难，
你只要在自己的跑道上慢悠悠地跑就好了，
无须理会旁边的人跑得是快还是慢。

CHASE
ONE WAY
NYC
TIM HAWKINSON
PACE

纵然你曾经为爱心碎过，
也永远不要对爱情失望。
总会有一个人，爱你如生命；
总会有一个人，
让你能够原谅之前的生活对你所有的刁难。

姑娘们总是在渴望着有一个人能够
“免我惊，免我苦，免我四下流离，免我无枝可依”，
却忘了后面的话是“但那人，我知，我一直知，他永不会来”。

余生，做一个不吝惜于散发善意的人吧，
哪怕是极其微小的善意，也可以给人带来真真切切的感动。
你可还记得，你这一生中，曾被谁温暖过，又曾经温暖过谁呢？
这些暖意融融的回忆，任何时候拎出来，
都是我们抵抗岁月风霜的最佳手段。

那件叫自我的衣服，我一直穿在身上，
希望你也别丢掉它。

当一个人不再畏惧被他人讨厌时，
他的人际关系就从复杂变得简单，
也就拥有了前所未有的自由。

积极等待是苦心经营后的顺其自然，
消极等待则是两手一摊的不作为。
消极等待者永远都在等风来，
而勇敢的人会不停攀登，主动去捕捉山顶的风。

总有一天你会明白，只有那些爱你的人才对你的人生有意义，
他们才是你生活的重心。
至于那些不喜欢你的人，他们就是你生命中的一个喷嚏，
无关紧要，对待他们最好的方式当然是远离。

目录

CONTENTS

目录

CONTENTS

目录 CONTENTS

目录

CONTENTS

01

愿你长着一张不好欺负的脸

我有一个群，群里的大部分人是自由职业者，忽然有一天，大家聊到从业以来的得失，其中有个 95 后的插画师说："还是一个人单干好，虽然挣的钱不稳定，也累得像狗一样，但至少没那么多糟心的事了。"

这个小姑娘是从一家国企辞职的，照现在的经济形势，国企早已经不再是大家口中的香饽饽了，可好歹也算是个铁饭碗，在三四线城市是要挤破头才能谋到一席之地的。可是这家国企存在一定的不正之风。

一起进去的新人有的很快就被这种风气感染了，热衷于和领导拉关系，而这个小姑娘却是个耿直 girl（女孩），是她分内的工作一定踏踏实实完成，除此之外一概不理。有次饭局上，领导一再劝她喝酒，她硬是不肯从命，从那以后有什么好事都落不到她头上，一气之下她就辞职了，而且是裸辞。

“我是出来工作的，又不是出来卖笑的，搞清楚好嘛！”说起这事，小姑娘至今仍愤愤不平。

小姑娘的一席话打开了大家的话匣子，都开始追忆当初离职的原因，总结起来大致可以用一点来概括，那就是“不想受气了”。如此看来，目前的整个职场环境实在是不太理想，若想在职场里混，有时就难免会受几分冤枉气。

我当初辞职时，不至于像小姑娘这么有怨气，但确实也是对工作环境感到挺失望的。记得有一次，我正准备送爸爸去高铁站，这时老板一个电话过来，说有个饭局让我去参加，我还在犹豫的时候，老爸已经发话了：不用送了，工作要紧。在他们老一辈的人心中就是这样，工作大过天，生怕给儿女的工作添一点儿麻烦。换作刚出校门时的我，我也许会理直气壮地把饭局推了，可那时我已经知道，工作不仅是采访写稿，更是喝酒吃饭，在某种程度上，后者甚至比前者更重要。于是乎，我只得快快作罢。

尽管如此，我在单位的处境和 90 后的小姑娘没有任何差别，可能是对领导来说，我们都属于那种不会讨好、不懂示弱的人，用老一辈的话来说，也就是不会来事。有一次，某位老总想让我帮他捉刀一篇文章，我想也没想就拒绝了，觉得这有违我做人的原则。他当时没说什么，后来就对我由器重转为冷淡了，然后另一个同事取代了我的位置，因为他不介意替领导当“枪手”。

当大多数人为了升职加薪愿意去极力奉承领导时，我们这种人却往往极力维护着自己脆弱的尊严，尽管这尊严在很多人看来不值一提。在当前的职场环境中，一个人只要当上领导，就会享受众星捧月般的待遇。久而久之，没什么修养的就开始恃强凌弱，有点儿修养的也会无意识地变得盛气凌人，觉得小小下属的生杀大权都掌握在自己手里。正因如此，才有那么多人“削尖了脑袋”往上爬，因为一旦多年媳妇熬成婆，就可以任意凌辱他人了。

我现在还记得，部门主任曾不止一次在开会时说：“我们有些同志啊，别太把自己当回事，现在那么多大学生找不到工作，研究生都要沦落到去卖猪肉，觉得这里不好，那就走人吧，走了你一个，还有千千万万个。”我知道他这话并不是针对某个人，但我听了就是特别不舒服，觉得在这个单位，连最基本的尊重都没有。后来他还说过：“某些人啊，以为自己能写点儿文章就很了不起了，其实吧，出了这道大门，估计连自己都养不活。”这话就明显是针对我了。我很高兴并没有被他说中，出了那道门之后我把自己养活得挺好。就是这看似不起眼的不爽，累积起来就会让人觉得这个地方实在待不下去了，所以后来我才会不假思索地辞职走人。

回顾过去的职场生活，我很庆幸自己并没有为了一些蝇头小利而放弃自己的原则，也没有为了能有所谓更好的职位而违背自己的底线。可能有些人觉得这样做未免有些可惜，但我反而觉得没什么不好的，至少，我并没有因为追求升职加薪而活成自己讨厌的那种人。在同龄人中，我算是个异类，因为活得特别自我，不愿意去取悦他人，在社会上摸爬滚打多年后，我仍然棱角分明，这点倒是和 90 后特别像。

知乎上有个热门话题："现在的 90 后是否都不愿意讨好领导了？"其中有一个高赞的回答是这么说的："有个与世隔绝的村子，因环境问题导致所有人都患有腰椎病，大家都直不起腰。几代之后，人们大都对弯腰低头习以为常。直到有一天环境突然变好了，新生儿不再患有腰椎病，自然直起了腰板。这时有的老一辈却反过来质问：为什么年轻人都不愿意弯腰了？努力工作的人原地踏步，溜须拍马之徒升职加薪。这种现象就是一种病，得治。"

这个答主叫小侯飞氘，他凭借这条回答获得了四万多个赞，可见说出了多少人的心声。马云曾说过，员工离职的两大原因，一是钱没有给到位，二是心委屈了。对于 90 后及更年轻一辈的人来说，钱少点儿还可以忍受，心委屈了那是决计不能忍的。所以他们才会敢于对"996"说不，才会对动辄让实习生去拿外卖的老板表示反感。在他们看来，他们和老板之间的关系是平等的，只是彼此的分工不同而已，鞍前马后伺候老板这种事，在他们那里是不合理的。

这在他们的长辈看来简直是无法想象的。老一辈的人，如小侯飞氘所说的那样，几乎所有人都患有腰椎病，大家都对弯腰低头习以为常，在他们的心目中，领导的权威是不容冒犯的，弱肉强食的职场潜规则也是不容挑战的。

难怪陈丹青说，他第一次去美国的时候，大吃一惊，因为他看到街上的男男女女，人人长着一张没受过欺负的脸。在中国，这样的脸难得一见，年轻人还稍微好些，上了年纪的人，无不长着一张苦大仇深的脸，看上去就是饱受凌辱的样子。

幸好现在社会风气慢慢扭转了，90后不再像他们的父辈那样惯于弯腰，以往那种壁垒森严的等级制度慢慢地受到了质疑，年轻人出来工作，不仅是为了挣一份薪酬，也为了挣得自己的尊严和体面。他们要求的除了过得去的工资，还有平等和尊重。面对这种变化，有些人还不习惯，动辄就指责现在的年轻人受不了委屈，一骂就跳槽。这种指责是毫无意义的，潮水的方向已经在悄悄地改变，与其故步自封，不如拥抱变化，与前辈们相比，90后想要的并不多，他们只不过是想挺起腰杆做人罢了。

当然，等级分明的职场生态形成已久，并不是一朝一夕就能轻易打破的。值得庆幸的是，已经有越来越多的人意识到，这种人欺负人的职场环境是需要改变的，他们也愿意为了改变付出相应的代价。我相信，每个人的内心深处都是渴望平等和尊重的，大多数人并不想践踏他人，更不想被他人践踏。

对年轻人来说，最美好的祝愿莫过于“愿你长着一张没受过欺负的脸”。但以目前的大环境来看，要想完完全全不受一点儿气、不受一丝欺负还是很难的，我只能祝你们都长着一张不好欺负的脸，在遇上有辱你们尊严的人和事时，可以勇敢地说不。套用一句曾经流行的语录，一切权威都只不过是纸老虎，一戳就破。

多希望能有那么一天，我们走在街上，见到的男男女女都长着一张不好欺负的脸，笑容越来越开朗，眉目越来越舒展，即使年华老去，也未曾被岁月磨去棱角。

02

你当善良，且有锋芒

有一次我参加一个活动，有个中学生读者向我提问说："慕容姐姐，你觉得一个人最可贵的品质是什么？"这个问题让我陷入了片刻的沉思，因为在我看来，很多品质都很可贵，比如诚实、守信、谦逊、自强等，但最终，我给出的答案是："善良。"

"为什么呢？"对于这个答案，小读者似乎并不是很满意。我明白他的意思，在他这个年纪的人看来，这个答案未免有点儿太过稀松平常了。正是意气风发的年纪，大多数人渴望的是奋发图强，是出人头地，这个时候如果说你对他的期许是做一个善良的人，他肯定会觉得，这也太寻常了，太简单了吧！所谓善良，不就是做一个好人，这难道不是世界上最容易的事吗？怎么还值得当成目标去追求呢？

老实说，小时候的我也是这么想的，年纪渐长，慢慢才发现当初的想法实在是太幼稚了。那种认为"善良是很容易"的人，多半是误会了这个词的含义。据我了解，大多数人对善良存在着以下几种误解：

有些人认为，善良就是委屈自己、成全他人。20 世纪 90 年代有一部叫《渴望》的电视剧十分流行，女主角刘慧芳就是这样一个没脾气、好说话的中国式好人，堪称近三十年影视作品中老好人形象的巅峰。面对丈夫的多情和第三者的入侵，她总是一忍再忍，一退再退，用剧中的原话讲，是"委曲求全"，成就他人，可她越退让，别人就越是得寸进尺。最典型的一幕是，当她撞见丈夫王沪生与初恋女友肖竹心约会，眼看旧情要复燃，对他们的婚姻关系已经造成了威胁时，她什么也没说，而是选择默默跑开，暗自流泪，实在让人唏嘘。

我记得以前看《渴望》的原著，作者王朔对女主角刘慧芳的评价就是"好人，可是无用"。是的，当一个人沦为滥好人时，不仅没有用，而且会伤害自己。在我看来，刘慧芳式的过分退让包容不是善良，而是彻头彻尾的懦弱。

还有些人认为，善良就是唯唯诺诺，一团和气。这样的人最擅长做的事就是和稀泥，张三说好，他就跟着说好；李四说不好，他又跟着说不好。他谁都不敢得罪，不愿意和任何人发生冲突，为此甚至不惜违背内心的意愿去取悦他人。这类人也不是没有是非观念，只是他们最怕的就是和他人发生矛盾，所以只能实行“三不”原则：不反对、不拒绝、不愤怒。这并不是善良，而是懦弱，是孔子最反感的那种“乡愿”，他老人家曾义愤填膺地痛斥：“乡愿，德之贼也。”太鸡贼的人，和善良是不沾边的。

还有人觉得善良就是只要心存善意，就能为所欲为。抱有这种想法的人总是喜欢把“我是为你好啊”“我是一片好心啊”之类的话挂在嘴边，仿佛只要有了这个前提，就可以任意地侵入他人的地盘，对他人的生活指手画脚甚至一手安排。如果你不听他的，他还觉得挺委屈，因为他认为自己完全是为你着想。恕我直言，这可不是什么善良，而是赤裸裸的冒犯，我看到的也不是好心，而是满满的控制欲。对于这样的人，你最好离他远一点儿，免得让自己的人生落入他人的掌控之中。

最常见的则是那种过于廉价的善意。心存这种善意的人通常是乐于助人的，但前提是，不付出任何代价，包括金钱和精力。他们最喜欢做的善事，就是当在微博或微信朋友圈看到有类似于轻松筹、大病求助之类的信息时，想也不想就随手转发，因为这样做既不用自己掏钱，又满足了日行一善的心愿。至于信息是否经过核实、来源是否靠谱，他们是不愿意去甄别的，因为那样需要花费精力，怎么比得上直接转发来得省时省力。

最可怕的则是那种宽以待己、严以待人的道德标兵。他们总是指望别人能做个好人，尤其是对有钱有势的人怀有非正常的期待，每当哪里发生了灾难，他们的眼睛总是盯着马云、马化腾，生怕人家捐少了。“你那么有钱，就该多捐点儿”？凭什么啊？你穷你弱，所以你就有理了？这类人不但喜欢慷他人之慨，还喜欢劝他人宽容，劝他人大度。这哪里是善良，这分明就是道德绑架！

写到这里我不禁想感叹一句：善良啊善良，多少人假你之名，来掩饰自己的怯懦、软弱和愚昧。善良没有底线时，就是怯懦；善良缺乏原则时，就是软弱；善良过于廉价时，就容易沦为愚昧。

善良是很可贵的，但如果不懂得把握善良的分寸，那么你的善意不仅毫无用处，还会导致对恶的纵容。爱默生有句名言想必你一定听说过：“你的善良，必须有点儿锋芒，否则等于零。”所以，想做一个善良的人并不像人们想象的那么容易，因为这其中的度很难把握。

要成为一个善良且有锋芒的人，首先需要有充足的勇气。在如今这个年代，坚持做一个好人尤其需要勇气，因为做好人的成本太高了，处处面临着“被坑”的风险。比如，当年的彭宇案，南京一个老太太在街头摔倒了，彭宇自称上前扶了一把，结果老太太非说是他推倒了自己。人倒了可以扶，人的心被伤了可就没那么容易愈合了。这样的事情一多，还想坚定地存好心、做好事的人，确实需要莫大的勇气。

除了敢于行善，你还得拥有敢于说不的勇气。只有这样你才能守得住自己的底线和原则，不给他人得寸进尺的机会。滥好人易做，好人却难做，难就难在不能毫无原则地善良，而是懂得拒绝，懂得适度地保护自己。

要成为一个善良且有锋芒的人，还需要一定的智慧。亚马逊CEO杰夫·贝索斯说过："聪明是一种天赋，而善良是一种选择。天赋得来很容易——毕竟它们与生俱来。而选择却颇为艰难。选择善良你需要放弃很多现实的诱惑，而且你得有足够的聪明才智才知道如何去选择。"

既然善良是一种选择，就意味着我们不能将善意平均分配给每个人，你的善良本就非常珍贵，当然只能留给那些值得善待的人，这就要考验你识人的眼光。既然善良是一种选择，也就意味着你必须具有明辨是非的能力，具有在繁杂的信息中甄别的能力，如果光有一颗热心，却不具备一双慧眼的话，即使是好心也常常会办了坏事。

善良，其实从古至今都是中国人传承、宣扬的品质，如果要在古代找一个和善良相对应的词，最贴切的莫过于"仁"了。什么是仁？孔子说过一句话："刚毅木讷，近仁。"也就是说，公正的人，秉性刚直；果毅的人，立志坚定；质朴的人，居心笃厚；口拙的人，说话诚实。这四种人，资质纯良，是最接近“仁”之道的。

由此推测，仁绝对不是软弱，因为一个刚直果毅的人，肯定是一个有棱角、有风骨的人，绝不是那种一团和气、绝不生气的老好人。

仁，我们可以将其看作一种高级的善良。拥有这种品质的人，不但懂得爱人，而且懂得自爱。这样的人，内心是柔软的、温和的，但他们也有自己的锋芒。这种锋芒平时藏得很深，可一旦遇到过分的人和过分的事，就绝不会轻易退让。

如果一个人善良却没有锋芒，就相当于一个人只有软肋而没有盔甲，行走在这世间必然会遍体鳞伤。更可怕的是，无限度的善良，实际上等于在纵容他人作恶，这样的话，更是助长了坏人的气焰，浇灭了好人的善意。

而善良一旦长出了“牙齿”，那就等于给自己披上了一身盔甲，捍卫了为善者的体面和尊严，也让我们对这个世界多了一分信心。这至少可以证明善良是足以与邪恶对抗的。当好人变得不再软弱可欺时，坏人也就无法再在世间横行无忌了。

我始终相信，善良是人性中所蕴藏的一种最柔软，但也是最有力量的品质。真正善良的人都具有一种柔软的力量，整个人从里到外散发着温润如玉的气质，像从蓝田采来的软玉，摸上去手感柔软，却又不失玉的质地和坚硬。柔软并不是柔弱，真正强大的人，并不是处处锋芒毕露，而是始终不失内心的笃定和坚守。他们懂得在适当的时候，展现自己坚硬的一面。

人生海海，愿你我都心存善意、不失锋芒，只有这样才能劈浪前行，抵达理想之境。

o3

求求你们，不要再为我好了

有一次刷微博，我看到马伯庸发了一条这样的微博：“今天来说几个不那么令人愉快的美食故事吧！不恶心啊，只是不那么愉快。”

小时候我有一个好朋友，这个朋友的妈妈是个“刀子嘴豆腐心”的人。有一次，我们两家参加朋友的婚礼，桌上上了一盘九转大肠，把我馋得够呛，我拿起筷子就要夹。她一下子就把盘子端起来了，说了句“肠子最脏了”，转手就要把它放到邻桌，我忍不住说我想吃啊！她没有从专业角度给我分析大肠不洗干净会很恶心，也没有以大人的口气说小孩吃多了这个不好，而是说：“肠子多难吃啊，你们肯定不想吃。”她极其自然地代入我的视角，代我做了这个主。可惜那会儿年纪小，我只好忍气吞声。

几年前，我去西安，有一个新认识的朋友带我去了一家馆子，说这家饭馆的羊肉泡馍特别好。吃的时候，我掰了一阵觉得烦了，说送机器切吧！他说不行，机器切的没法吃，苦口婆心地劝我说手掰的才好吃。我说我知道口感不一样，但我的指甲盖都抠疼了，算了，机器切吧！他说不行，机器切的没法吃，坚持让我掰。三辞三让之后，我觉得礼数尽到了，便直接喊来服务员，说：“你给送机器切一下。”他生气了，轰走服务员，把碗咣的一声搁在我面前，说：“必须得用手掰碎了，好吃，真的好吃！我不骗你！”我说我吃不出来差别，他说吃得出来！我一瞬间觉得他被我那位阿姨附体了，只好忍气吞声，花了 40 分钟掰完，吃完，他问我是不是好吃啊。我点点头。不过后来我再也没跟他一起吃过饭……

他们都不是坏人，他们热情得很，真心希望能给你最好的美食体验。如果他们能不强行代表别人去表达这种感受，坦然接受这个世界上有很多种自己所不了解的美好，那就更好了。

马伯庸这条微博底下跟帖如云，很多人纷纷反映自己也曾有过类似的遭遇。其中一条热门评论说：“强加的善意就是恶意。”这条评论有数百人点赞，说明确实有不少人深受其扰。

这条微博之所以会引起这么多人的共鸣，可能是因为我们大多数人遇到过这种被强加的善意，与那个不让人吃大肠的阿姨和坚持让我用手掰馍的哥们儿一样，有一种人就是热衷于强行让你接受他的善意，并美其名曰“我是为了你好”，具体可参照以下事例：

你大龄未婚，每当逢年过节亲戚聚会时，就有一大群的三姑六婆围在你身边，苦口婆心地劝你：“你都这么大年纪了，赶紧收收心找个人结婚吧！”然后他们轮番上阵，一个个恨不得掘地三尺，展开全城搜索，将本地的未婚男士（女士）都搜刮出来，好为你迅速配对。如果你表示自己不想将就，对方就会马上白眼翻上天：“这女人啊，过了三十就别再挑挑拣拣的了，再挑下去黄花菜都凉了。”每当这个时候，想必你内心早已懒得搭理，却只能强忍着不发作——因为他们“都是为了你好”。

你漂泊在外，一个人在京城生活，混得也算风生水起，在四环内买了一套小房子，正在排队摇号买车，自以为是个青年才俊，平日里泡泡吧看看展览，日子过得逍遥自在。可一旦你回了老家，才会发现尽管自己已经活成了朝阳区的薇薇安，但在村里人眼中，你还是当年的翠花，不管多么功成名就，总有人会对你说：“在大城市生活哪有老家舒服，就说你们住的那房子，还不如家里的一个猪圈大呢！”在他们的概念中，一个人在外漂泊简直是自找苦吃，对比起来，老家则什么都好——空气新鲜、食物安全、民风淳朴，无异于天堂。你没法告诉他，大城市有大城市的精彩，就像你没法告诉一只坐在井底的青蛙，井外的天空不止巴掌那么大，尽管你心里对他们的说法有一万个不同意，你还是没办法拂袖而去——因为人家说了，“都是为了你好”。

你不喜欢手头的工作，下定决心要辞职创业，刚露一点儿口风，近至父母，远至八竿子打不着的亲戚朋友，纷纷冒出来劝你：“现在的经济越来越不景气了，还是有个铁饭碗好，你那个工作，尽管挣得不多，一个月才三四千块，但好歹和体制沾边，不怕失业，要出去创业的话，这个风险哪里承受得起？”你很想反驳说这年头就没有什么打不烂的铁饭碗，只要有本事到哪都能有饭吃，但话到嘴边又咽了下去——因为毕竟，他们“都是为了你好”。

“我是为了你好”，这句话简直成了万能的金句，而说这句话的人，就等于拿到了免死金牌，无论他说什么、怎么说都是对的。“我是为了你好”，这句话的潜台词就是，不管我说什么，你都不能怪我，因为我的出发点是好的。站在这个出发点上，当事人就可以畅所欲言、为所欲为，完全不顾给对方造成了什么样的心理压力。马伯庸在微博中提到的那类人还算好的，他们只是想强迫你接受他喜欢的食物和口味，可有些人却推而广之，试图强迫你按照他喜欢的方式去生活。

曾经我有两个很要好的朋友，他们现在彻底闹翻了。他们曾经好得就像兄弟俩，可以有难同当、有福共享的那种。两人刚刚毕业时，生活轨迹差不多，感情也特别好，但接下来的十年，两人走上了完全不同的路，一个走的是最主流的那条路——升职加薪，结婚生子；另一个在工作上没什么太大的上进心，也没有急着结婚，从各方面来看，显得有些非主流。

这下主流的那个唯恐自己的兄弟跟不上时代，每次都拿出老大哥的气派，劝他早点儿成家，劝他奋发图强，试图把他往“人生赢家”的轨道上拽。一开始后者还铭感于心，觉得大哥确实是为了自己好，但后来发展到一见面就说，搞得他也不胜其烦，终于忍不住让这位“主流兄弟”别再叨叨了。看到这个反应，做大哥的顿时火了，觉得“我本将心向明月，奈何明月照沟渠”，他如此热情热心，换来的却是冷淡冷漠，一怒之下单方面宣布绝交。另一个也顿感如释重负，丝毫没有挽留。一对好兄弟，自此分道扬镳，准备老死不相往来。

一个人对另一个人投入了感情后，总是觉得自己说什么做什么都是“为了你好”，就像这位“主流”朋友一样，有意无意地就越过了那本该明确的界限。人和人之间其实是有边界的，别说朋友了，就算是丈夫和妻子、父母和孩子之间也应该亲密有间，不能轻易越过对方的私人边界。可现实中的很多人缺乏界限感，总是渴望着和对方亲密无间，喜欢把自己的好恶强加到他人的头上，却忘了对方本来是一个完全独立的人，拥有选择自己生活方式的权利。

“我都是为了你好”，以前总以为这句话的重点是“你”，后来才发觉，重点其实应该是“我”。也就是说，你其实不重要，你的感受更加无关紧要，重要的是，你违背了“我”的心意，所以我要跳出来，对你的生活横插一脚，让你变成我想要的样子。

这种人不知道哪来的信心，对自己的想法、自己的品位，乃至自己的生活方式都有着谜之自信，他越看重你，就越希望你能够按照他的期待去生活。在他们的心目中，生活有一种标配，所有人最好都活成整齐划一的模式。“我是爱你的，所以你得听我的。”为你好的背后，藏着无处不在的控制欲，他们比谁都固执，固执到不承认除了他们体验到的，生活还有无数种可能。罗素有句话说得好：“参差多态才是幸福本源。”但说“我都是为了你好”的那些人总是不愿意承认。

如果你有一次没听他的，他就会指责你太自私了，不识抬举。这时候，你不妨把网上流行的这段话甩给他：“过自己想要的生活不是自私，要求别人按自己的意愿去生活才是自私。”生活是你自己的，你完全可以爱怎么活就怎么活，无须被“我都是为了你好”这种话语绑架。

真正为你好的人会懂得，干涉并不是爱，尊重才是。越亲密的人，越需要保有界限感，不对所爱的人指手画脚。这体现了一个人最基本的修养，与“我是爱你的，你得听我的”相比，“我是爱你的，你是自由的”才是理想的相处模式。

04

你越善解人意，越没人在乎你的委屈

新版《倚天屠龙记》热播时，我们一群武侠迷热火朝天地讨论着围绕在张无忌身边的四个女孩子，到底哪个才是他的最爱。一个男生忽然说："我要是张无忌的话，肯定选小昭。"此话一出，男生们纷纷附和。由此可见，即使小昭不是张无忌的最爱，也是男生们的最爱了。

男生们为什么都爱小昭呢？无非因为她温柔、和顺，特别善解人意，懂得为心爱的男人设身处地着想，在必要的时候甚至愿意为了对方牺牲自己。除了小昭，金庸的书中还有这样类似的女生，比如《鹿鼎记》中的双儿、《天龙八部》中的阿碧等，她们的共同点就是处处将男人放在第一位，为了男人随时都准备去赴汤蹈火。

《倚天屠龙记》里四个女孩子中，小昭对张无忌的爱最没有私心杂念，小昭深于心机，对无忌却一片坦诚；小昭滴水不漏，对无忌却从不设防。不管她的身份如何变化，对张无忌来说，小昭永远是他最贴心的小棉袄、最可意的小妹子。“公子，我决不愿做波斯明教的教主，我只盼做你的小丫头，一生一世服侍你，永远不离开你。”试问还有比这更动人的情话吗？别说是普通男性了，就是我听了也觉得感动。

小昭深爱着张无忌，却从来不忍心让他为难，她总是处处为他着想。正因如此，她从来不会像赵敏那样咄咄逼人，也不会像周芷若那样拈酸吃醋，更不会像殷离那样偏激决绝。这样的结果，是她只能选择委屈自己，最后，她为了救张无忌只得去做波斯明教的教主，她和她的公子，只落得个“东西永隔如参商”的结局。

张无忌尽管心疼小昭，但还是将最热烈的爱都给了赵敏，因为她“偏要勉强”，因为她懂得争取，因为她不会将男人的意愿置于自己的意愿之上，而是知道自己想要什么，就去追求什么。而小昭呢，四个女孩中最愿意委屈自己的她，却偏偏是第一个在这场情感角逐中出局的，真叫人叹惋。

其实不只是在小说中，生活中也是如此，太过善解人意的人，往往是被辜负的那个。我有个朋友叫娟子，是大家公认的好姑娘。朋友们都说，少了娟子，圈子活动就无法运转。其实娟子的话并不多，不过有她在，大家就像吃了颗“定心丸”，永远不用担心会受冷落。在饭桌上，娟子是负责布菜倒酒的那个人，再不熟的人，也会得到她周到的照顾和热情的笑脸。要是谁中途去了趟洗手间或者接了个电话，也不用担心，娟子会把属于他的那份菜体贴地夹进碗里，尤其是鲍鱼海参这类名贵的菜。要是人多菜少，倒是她自己的那份常常会“不小心”漏掉了。

娟子为人着想是天性，她是家中的长女，底下还有一个妹妹。从小到大，爸妈对她说得最多的一句话就是：“你是姐姐，要让着妹妹。”爸妈说得理所当然，娟子听在耳里也觉得没什么不对。妹妹被娇纵得不像话，娟子也因此养成了事事忍让的好脾气，和谁相处都先人后己，朋友们不论年纪大小，都亲昵地叫她“娟子姐”。

按理说这样的姑娘应该很受男人欢迎才对，可吊诡的是，娟子偏偏情路坎坷。说到底，就是吃亏在她太为男人着想了。她的恋爱史，几乎算得上是一段屈辱史。

她的初恋是个山区出身的男生，以她的家庭条件，她本来可以度过无忧无虑的大学生活，可她总是在忙着做兼职，大热天跑到天河那儿去发传单，连瓶水都舍不得买。她知道他家境不好，就帮他准备助学贷款需要的资料；知道他想做兼职，就把自己做熟了的家教让给他；知道他英语不好，就陪着他一起去看英语原声电影。暑假她还跑到那个男生在山区的老家，穿着花裙子到地里帮他家人干活。宿舍的姐妹见了都心疼，可娟子甘之如饴，热恋中的她母性大发，就像一个小母亲那样，可以为爱人奉献全部的温柔和爱。

她对那个男生迁就到什么程度呢？举个例子，每次吃饭时，只要上的菜里面有虾，她都会给他剥好放在碗里，哪怕是一点儿都不扎手的基围虾。她这样做的理由是男生家里穷，从来没有吃过虾，也不知道怎么剥。男生呢，起初还颇有几分惭愧，但慢慢就习惯了。

大四时，男生得到了一个出国交流的机会，他有点儿犹豫，因为这次交流是半自费的，交流生得负担一定的费用。他问娟子去不去，娟子毫不犹豫地回答："去，当然去。反正我也找到了工作，可以给你寄钱。"

男生就这样去了大洋彼岸。临走的时候，两个人一起去大排档吃夜宵，娟子给男朋友剥了整整一盘虾，每剥好一个，就把雪白的虾仁蘸点儿芥末酱油，放进他的嘴里。男生吃得心满意足，她也剥得很满足。男生出国后，娟子就把工作所得的微薄积蓄都寄给了他，但得到的回报是：一年后男生告诉她，他在那边找到了工作，也有了新的女朋友，不准备回来了。

"就当自己是匹白龙马，度了他一程吧！"说起这段初恋，娟子至今还有点儿怀恨在心。

从那以后，娟子还以她的肉体凡身度了不少人，有失意的媒体人，有做着创业梦的在校大学生，甚至还有寻求安慰的已婚男。掰着手指一个个算过去，娟子的感情史简直就是一部遇人不淑史。

娟子的字典里，似乎没有“吃一堑长一智”这六个字。朋友们都说她的“爱点”特别低，总是特别容易爱上一个人，爱上后又特别容易毫不保留地全情付出，恨不得把心都掏给对方。她遇到的那些男人，没有不说她温柔善良的，在享受她的温柔善良的同时难免又有几分看轻的意味。朋友们纷纷劝她悠着点儿，看准了再上，可娟子听不进去，她就像一个犯了“情痨”的姑娘，总得爱上个什么人，不然满腔的柔情蜜意就没地方放。

在情感的世界里蹉跎了几年，转眼间，娟子就年过三十了。以前很讨人喜欢的婴儿肥，现在看上去就有几分痴肥了。眼看着同龄人一个个结婚生子，她也有点儿慌了。这些年，她的枕边也没空着，只是枕边人的质量一年不如一年。

其实也不是没有好男人喜欢过她。她有个师兄，三年同窗，八年好友，感情基础深厚，而且是一个踏实靠谱的好男人。朋友们都撺掇他去追她，一来二去的，他对她的确动了心，两人还相约一起去了海南岛骑自行车环岛游。

骑自行车环岛游是个苦活，那是整整 700 千米的路程啊！海南岛的阳光又非常烈，晒半小时是一种享受，但晒上几天几夜就是受罪，更不用说还要经受爆车胎、屁股被磨破这些糟心事了。娟子和师兄顶着风吹日晒，顺利走完了全程，大家都以为战友情深，这次一定会修成正果了，结果师兄却告诉大家，他已经打消了追求娟子的念头。环岛游的过程中，娟子其实很多方面都挺让他感动的，比如屁股磨破了还不声不响地跟在他后面骑行，比如顶着暴风雨一起前行，比如在吃东西时将仅有的一碗抱罗粉让给他吃。

“人家对你这么好，你居然还打退堂鼓！”朋友们都为娟子愤愤不平。

“就是处处迁就得过分了。”他解释说，“有些事情她太为我着想，其实完全不用如此。这样让我感觉也有点儿沉重，我还是喜欢大家谁也不委屈自己，轻轻松松地相处。”末了，他又补上一句，“她这么好，我真担心自己和她在一起后，慢慢就变得不那么好了。”

他的话的确说得很坦诚了，像娟子这样的姑娘总是过分体贴，过分“善解人意”，可越是这样，就越没人在乎她的委屈，也就越得不到尊重。她们知分寸、识大体，从来不过分坦露自己的感情。可爱情往往只有感性，任性的姑娘有时比懂事的姑娘更受偏爱。对这些太过懂事的姑娘，男人们一方面享受着她们的温顺，另一方面又未免带有几分看轻的意味。

在和人相处时，别人怎么对待你，有时是你教会对方的。人和人之间的相处模式，一旦从一开始固定下来就很难再扭转，如果你对人家一味地迁就和妥协，对方就会习以为常，久而久之，换来的不是平等和珍惜，而是轻视和冷漠。

在人际交往中，善解人意本来是一件好事，可是过犹不及。如果你太为他人着想的话，结果就可能是既委屈了自己，又纵容了对方。不是每个人都像那位师兄一样具有反省精神的，很多人只会得寸进尺，从不懂珍惜发展到践踏你的善意。最后的结果就是，你一步步退让，他一步步侵占你的底线。

很多人为了让他人开心不惜委屈自己，但有时即使委屈也未必有好结果。你可以学会体贴他人，却犯不着百般迁就；你可以试着善解人意，却不必过分讨好。始终要记住，在爱他人之前，我们要学会的第一课，就是好好爱自己。

05
那些为你连赞都不点的人

昨天，我在豆瓣发了一条消息，意思是想写篇文章，吐槽一下那些在朋友圈为你连赞都不点的人。豆友们的反应大致可以分为以下几类：

楼主你怎么这么玻璃心！（这是占比最大的。）

无所谓。（这也是主流。）

不点赞怎么啦？我就从来不点赞！（好吧，你赢了，你不点赞你光荣。）

说真的，我很讨厌点赞，感觉点赞是一种打扰。（茫茫尘世中居然还有如此淡定的人。）

在几十条留言回复中，只有一个人的留言让我心有戚戚焉，这位姑娘说："我有个好朋友是唯独跳过我只给别人评论的人，我都不知道这是真朋友，还是不满意你的生活状态的人。可能是我太在意她了，一般朋友关系不会去计较。我这脆弱的玻璃心。"

感谢天感谢地感谢网络，最重要的是感谢这位姑娘，你终于让我知道我不是一个人，说多了都是泪……

既然我说了要写，哪怕有再多的人冲过来说我是玻璃心，我也要来说说我的观点了。

我一直觉得，朋友圈是对一个人真实的朋友圈子的重新洗牌，朋友圈拉近了你和某些人的距离，也使你和另外一些人的距离变得更远，不断有旧的"朋友"被拉黑，也一直会有新的"朋友"涌进来。我们的现实生活也是如此，只是朋友圈让这一切变得更为直观。

按照现实世界的标准，朋友圈的人可以分为三类：一类是至亲好友；一类是普通朋友；还有一类是仅仅认识的人。

按照虚拟世界的标准，朋友圈的人也可以分为三类：一类是评论之交，总会积极地在你发的内容下方评论；一类是点赞之交；还有一类是连赞都不点之交。

说实话，我真心觉得点赞是社交网络最伟大的发明之一。人和人之间的关系是需要互动来维系的。来往来往，你来我往才能促进感情的交流。在没有朋友圈之前，我们靠电话、短信和QQ来维持互动，可对怕麻烦的现代人来说，这些都太麻烦了。现在呢，我们只需要手指轻轻一点，一颗心形的赞就跳了出来，多省事啊！

很久没有联系的老朋友，也许你们已经没有太多话可说，但自从有了朋友圈之后，你只需在他发的各种美景、美食照片下面点个赞就行，这就等于打个招呼说："好久不见，我还记得你哦！"刚刚认识的新朋友，也许彼此之间还没有太多交情，这时候如果不吝惜点赞的手指，你就会慢慢拉近你们之间的距离。

不知道有多少人像我一样，在发了条微信朋友圈后，会下意识地去看有没有人点赞，有哪些人点赞。如果哪条微信朋友圈点赞的人多，我就有点儿小窃喜；如果哪条微信朋友圈无人点赞，我就有点儿怅然若失。

人们为什么会需要点赞呢？还不是为了求关注。朋友圈说到底也是一个社交网络，并不是私人日记。而点赞，说到底是一种成本最低的互动方式。我们在发微信朋友圈时，本质上还是想得到亲友们的认同，而点赞又是最简捷的表达认同的方式。希望自己获得关注是人的天性，每次点赞都意味着背后有一个人在默默地关注着你。当你发出自己过生日的照片时，你是希望收获一堆赞，还是希望别人看看就好，不来打扰你呢？

微博也开通了点赞功能，但很多人对这一功能并不喜欢。那是因为真正亲密的朋友，基本都活跃在朋友圈，微博上的大多是一群谁也不认识谁的人！与不认识的人相比，我们显然更在乎认识的人对我们的态度。

这就回到本节开头的那个问题，我们怎么看待那些对你的朋友圈从来都不点赞的人呢？

其实主要还是要看那个人跟你的交情怎么样。你越是在乎那个不点赞的人，这一行为对你的杀伤力就越大。

如果一个人从来不给你点赞，我觉得有三种可能：一是此人从来不给任何人点赞；二是你根本不在此人关注范围之内，也就是说，人家根本不在乎你；三是此人对你发的任何东西都毫无共鸣。后面两种情况可能都意味着，你拿人家当朋友，人家只不过拿你当路人。

我和那位发言的姑娘一样，也碰到过这样一个朋友。我发的任何一条微信朋友圈，她从来不评论也不点赞，以至于我怀疑自己是不是被她拉黑了。结果我发现她在其他朋友的微信朋友圈中异常活跃，几乎每个人发的微信朋友圈下面都能看到她的身影。

我先是纳闷，明明我给她点过不少赞啊，继而懊恼，为什么她对所有人都友好就是无视我呢？最后我终于找到了解决方法，还是设置彼此都看不到朋友圈好了，眼不见为净。万幸，在我的朋友圈中，只遇到一个从来不给我点赞的人，要是这样的人多了，我的玻璃心该碎成什么样啊！

有人说，真正的友情，从来都不是靠点赞来维持的。此话我并不赞同。朋友是什么？朋友就是你舍得在他身上花心思、花时间的人。点个赞，你只需要动动手指头就可以了，又不是托孤那么高难度的事。如果一个人吝啬得连个赞都不给你点，你就要问问自己，在人家的心里你究竟有几斤几两。

对于这场点赞之争，我的总结陈词如下：如果你真在乎一个人，那就大方点赞吧，不要舍不得那一点儿小小的情意。对那些从来都不给你点赞的人，趁早清理出你真实的朋友圈。人生苦短，别把你的热情浪费在不在乎你的人身上。

06

不懂拒绝是种病，得治

那天我看到有个作家姐姐发了一条朋友圈：“不代写亦不润色修改各种材料、先进事迹、报告、论文、孩子作文之类，还望亲友同事们理解，因既不擅长也无空闲。”我瞬间很想飞奔过去跟她握个手，学张飞那样道一声：“俺也一样！”

之所以这样，是因为在这件事上，我可是有过经验教训的。因为出过一些书，发表过一些文章，我在亲友圈里也算是小有名气。在他们眼里，我俨然就是一个作家，尽管我自己还颇为汗颜，觉得并没有什么可以拿得出手的作品。

在我可爱的亲戚朋友们的心目中，作家简直就是万能的，文能写材料改文案替人捉刀写情书，武能拟檄文润色广告代发分手声明，总之上能代皇帝老儿拟圣旨，下能替10岁小孩改作文，就没什么不能写的。

这年头，哪怕工作完全和文字无关的人，偶尔也得写点儿汇报材料，弄点儿先进事迹，年底还得整点儿工作报告。这个时候，但凡心思活络的人，就想找个能写的笔手来捉捉刀、润润色了。我的亲友们就会齐刷刷地将眼光投向我，他们可能觉得既然认识一个能写的人，资源当然不能浪费，于是就抱着不用白不用的心态来找我。

我这个人，从小受我爸的影响很大。他一直教我，人家请你帮忙，那是看得起你，就算不能马上做到，也要先一口答应再说。其实我本身是个不爱代人捉刀的人，但想着老爸的耳提面命，又考虑到他们都是我非常熟悉的人，抬头不见低头见的，那就帮帮吧。所以一开始，我对这些要求基本上是来者不拒的。

可是只有上天知道，写作者根本就不是十项全能。我天生就写不好命题作文，更不擅长写公文材料，当年毕业时曾经一时冲动考过公务员，结果申论部分只考了三十分，也算是写作生涯的奇耻大辱了。在我的代写史上，唯一愉快的经历是在读书时帮人写情书，身为一个情窦初开的少女，满腔怀春之情无处抒发，恰好可以在别人的情书里大抒特抒，而且可以顺便发挥我的八卦天性，打听到许多轰轰烈烈的早恋故事。现在想起来，我写作方面的能力可能就是那时候锻炼出来的。

和写情书相比，写材料、写报告什么的，就是难啃的骨头了，不仅费劲，而且无趣至极。对于写这种东西，我的内心是抗拒的，每次都得捏着鼻子，强忍着反感，才能按捺住满心的不适，非常吃力地完成亲友们布置的任务。整个过程是非常艰难的，远远不如我写小说和散文那样得心应手。

你以为写得这么吃力亲友们就会领情？那你就想多了。客气一点儿的人会在收到我辛苦写完的材料后，礼貌地道个谢，捎带称赞一句文笔还不错；不客气的则会质疑我的写作能力，质问我，“大作家你是不是百忙之中随便写了一点儿给我啊”，言外之意是，你这写的都是些啥啊，还作家呢，水平还不如我呢！

最令人恼火的是那种一而再再而三地要求你修改的人。在一个熟人的请求下，我曾经指导她的女儿写作文，好去参加某个征文比赛。一开始我还挺认真的，可她老说我指导得不到位，经过她多次的暗示我才明白，什么指导啊，她纯粹是想让我代笔！我不答应，她就有了几分恼意，好不容易作文改完了，她又说我在媒体工作过，应该认识不少报纸杂志的编辑，让帮忙投个稿。我本着送佛送到西的想法，真的帮她推荐了，结果你猜怎么着？她还嫌人家报纸只是一家地市级报，寒碜了她家闺女。

我忍不住直接告诉她："我就这么点儿微末本事，没办法让咱闺女的大作发在《光明日报》《人民日报》这样的大报上。"

她没听出弦外之音，反而说："这次不行，下次争取……"

没等她说完，我当机立断地打断她的话："不好意思，没有下次了，我特别忙，手头还有一堆活要干。"

没想到，我还没生气，她倒先怒了，气冲冲地控诉我："不就是让你改篇作文吗，举手之劳的事，咱们都多少年的朋友了，你至于吗你……（以下省略三百字）"

我用最后仅剩的一点儿耐心听完她的长篇大论，然后挂了电话，轻轻吐出了一口气，在感到如释重负的同时也有点儿哭笑不得，明明是帮了人家的忙，结果反成了我的不是，这都是些什么事啊！怪只怪，我一开始没有拒绝，或者说拒绝得不够坚定，才纵容她产生了此人活该为她服务的错觉。

很多人就是这样，分明是请人帮忙，态度却高傲得好像她才是甲方，帮她忙的那个人，反倒沦落成了任人挑剔的乙方。

朋友就算了，离谱的是，有些陌生人也会理直气壮地要求你帮忙，注意，我用的词是要求而不是请求。我虽然不算什么大V，可经常会收到一些陌生人的私信。一般来说，只要不是很过分的要求，我都会礼貌地回应，比如让我帮忙列一个书单，或者有情感上的烦恼向我倾诉之类的。

可过分的是，有些人一上来就说："我很喜欢你的文章，可我还是个学生没有钱，书那么贵买不起，你可以给我寄几本你的书吗？"出于礼貌我还真给他寄了一本，可等我出新书了，他又要求我再寄一本，这次我火了，果断地表示不行。结果你猜怎么着？对方反过来说："你一个作家，怎么这么小气呢？对得起读者的喜欢吗？"还真不好意思，这样的喜欢我压根就不稀罕，你爱喜欢谁就喜欢谁去吧。我能做的，是赶紧把他加入黑名单。

更有甚者，直接甩给我几篇文章，说什么让我帮忙指导下，看能不能推荐给相关的编辑，希望有机会出版或者发表。如果稿子写得出色还好说，关键是这样做的人，稿子往往写得让人根本看不下去，我答应后试着投了一下，自然在编辑那儿过不了关，然后就招来了对方的吐槽。吐槽我鉴赏力不行就算了，关键是他们还会吐槽我人品不行，不爱帮人……

正是因为这类人太多了，大家都对那些动不动就向自己提无理要求的人烦透了，又不好意思说破，只好手指一点把反击这种现状的文章转发到朋友圈，暗戳戳地发泄一下不满。

说到底，出现这种事主要还是因为大家都不懂得如何拒绝别人。我们这代人从小到大所受的教育，就是要乐于助人。既然人家都开口了，又怎么好意思拒绝呢？拒绝陌生人的话，怕无意中招黑；拒绝熟人的话，则怕关系破裂。就像太宰治在《人间失格》里说的那样："我害怕一旦拒绝别人，便会在彼此心里留下永远无法愈合的裂痕。"

可事实是，如果对方一开始提的就是无理要求，或者完全超出了你的能力范围，那么即使你勉为其难地答应，到了最后还是很难达到对方的要求。于是就陷入了一个怪圈，你本来是因为想维护关系而没有拒绝，结果却因为做不到而让对方失望，以至于关系最终破裂。这样的话，就完全违背了你的初衷。

经过这些事情后，我发现了一个道理：不懂拒绝其实是种病，得治。那些让自己不舒服的事，越早拒绝越好。很多人的不幸源于缺乏拒绝的能力，以至于让自己陷入两难的境地，最后既白费了力气，又无法履行许下的承诺。

来者不拒的人活得特别累。说实话，自从学会对人说不之后，我觉得自己整个人都轻松了，终于不用为了应付那些形形色色的过分要求而疲于奔命了。懂得拒绝是一种智慧，可以让别人知道你的界限在哪，你的原则是什么。乐于助人当然是必要的，但如果别人提的要求超出了你的界限、违背了你的原则，那就别想太多，果断地拒绝吧！

我也因此惹恼了一些人，但我丝毫不觉得可惜，因为那些向你提无理要求的人，本来就没那么在乎你，那你又何必在乎他们？真正在乎你的朋友，反而不会轻易地来麻烦你，因为他不想让你为难，不愿意轻易透支你们之间的情谊。对这样的朋友，一旦他们陷入窘境，即便他们不开口，我也愿意主动施以援手。

至于那些动不动就喜欢麻烦别人的人，最好的办法是在一开始就干脆利落地拒绝，这样才能让他们明白生活的真理：没人有义务帮你，别人帮你是情分，不帮你才是本分。

07

最好的安慰，是我懂你的不容易

自从进入新的一年，我的发小琪琪就感觉她一直在倒霉。儿子快到入学年龄了，可由于户口不在当地，进不了本地的公立学校。进私立学校吧，好的又太贵，差的又觉得就像菜市场小学，担心耽误了儿子的前程。她自己的工作也遇到了坎，自从生了二胎后重返公司，她发现原来的岗位已经被人占了，对她的安排说是平级调动，其实是暗暗降了半级。屋漏偏逢连夜雨，一向硬朗的老父亲突然感到身体不适，到了医院一检查，说有可能是癌变，目前还在医院排队等检查。

在医院照顾了一天老父亲之后，一贯坚强的琪琪回到家里，终于情绪崩溃了。从不诉苦的她拿出手机，忍不住在发小群里倒了一通苦水。

当时已经是深夜了，我们几个人都睡了，只有另一个发小小薇还在，她自然而然地觉得自己有义务安慰琪琪。可谁知道她不安慰还好，越安慰琪琪越觉得心里堵得慌，大半夜就给我发了私信，让我去看群里的聊天记录。

我第二天早上才看到她的私信，然后立即打开了那个不太常用的群，发现聊天记录的画风基本全是这样的。

琪琪：崩溃了，我今年怎么这么不顺利！

小薇：是啊，我今年也特别不顺利，我们这是集体倒霉了吗？

琪琪：说好的晋升完全没影，还把我降了半级。

小薇：你还好啦，我生完二娃后就没工作了，还不知道以后有没有机会重返职场。

琪琪：就快开学了，我儿子还不知道去哪儿读书，公立上不了，私立又太贵。

小薇：就是啊，为了让我大儿子上我们当地最好的私立学校，我老公都送了五万元钱了，还是没个准信，现在私立学校都这么狮子大开口，我看你们不送礼能上就挺好了。

琪琪：最崩溃的是，我爸爸突然查出身体有问题，现在还在医院躺着。

小薇：没什么大问题吧？别太担心，人年纪一大，都难免会病病歪歪的，我爸妈也是一身的病，我爸糖尿病，我妈高血压，三天两头跑医院……

琪琪：……

作为旁观者，我看了聊天记录后，顿时也有种哭笑不得的感觉。倘若我是琪琪，聊到这个份上怕也只能无语问苍天，一句话都说不出来了。

小薇人并不坏，相反，她是个热心肠的人，要不然也不会在独自带两个娃的间隙还陪着琪琪聊天。她的初衷可能是想通过讲述自己的不幸来宽慰琪琪，结果却适得其反。琪琪对我说，这事让她明白了鲁迅先生说得对，原来人类的悲欢并不相通，也让她记住了以后如果有难过的事绝对不会再去向小薇倾诉。

我相信你一定也碰到过类似于小薇这样的朋友吧，至少我本人碰到过。这类人有一个共性，就是不懂得如何去安慰他人。他们有个共同的特点，就是什么事都爱往自己身上扯，你跟他说自己很惨，他的第一反应不是问你到底是怎么惨的，而是迫不及待地告诉你“我比你还惨”。你跟他说我很不容易，他就冷冰冰地甩给你一篇“鸡汤”文章，标题就叫《成年人的世界哪有“容易”二字》，然后大谈特谈自己如何不容易。

“大家都挺不容易的。”“大家都很惨！”我敢保证，这是我听过的最糟糕的安慰了。每当我倍感痛苦时，如果还有人轻描淡写地对我这样说，我的满腔郁闷瞬间就会化成满腔怒火，觉得自己肯定是猪油蒙了心，才会谬托知己看错了人。世界上最令人失望的事，莫过于对着不能理解你痛苦的人倒苦水。他会让你觉得，你所谓的痛苦完全就是矫情，既然大家都不容易，那你还好意思叨叨你那点儿不值一提的苦楚吗？

这样说的人可能本性并不坏，但他们普遍缺乏一种很重要的能力，就是共情。心理学家武志红特别爱用“看见”这个词，此处容我套用一下，这类人缺少的正是“看见”的能力。他们对别人身上的痛苦视若不见，他们的关注点全在自己身上。

如果你一时没看清楚，向这样的人倾诉了心事，那么沮丧是难免的，可能随之而来的还有被漠视的愤怒。就像琪琪那样，原本对小薇是抱有厚望的，最后却失望透顶——至少从聊天记录来看，小薇对她的痛苦称得上漠不关心。

“我看不见你身上的痛苦”，这对求助者一方的打击是巨大的。一个人愿意向你诉苦时，就等于他把自己隐藏的软肋全部展示出来，这个时候他最需要的就是能够被“看见”，希望你能看见他的痛苦，看见他的伤口。

这时候如果你还跟他说什么大家都不容易，就等于你在他的伤口上撒盐。我们要明白一个道理，每个人的痛苦都是独特的，不可能一视同仁的。一方面，痛苦确实是有层级的，有人曾经把疼痛分为十级，其实心痛也与之相似，有些痛苦是锥心之痛，有些痛苦则只相当于被蚂蚁咬了一口，比如失去亲人的痛楚、身患重病的痛楚，绝对不是小孩考不上好学校这样的痛楚可以比拟的。只有承认痛苦的层级是不一样的，才会懂得同情和怜悯。很多人爱犯的一个错误就是将不同层级的痛苦相提并论。这就相当于你对他诉说自己在一场意外中失去了脚的痛苦，他却反过来抱怨自己买不起一双好鞋子的烦恼，这样的安慰无异于火上浇油。

另一方面，每个人对痛苦的感知能力也是不一样的，同样一件事放在不同的人头上，每个人的感觉会大不相同。大祸临头时，感觉不那么敏锐的人可能觉得天塌下来大不了当被子盖，过于敏感的人却会将这种痛楚放大许多倍。

很多抑郁症患者会遇到这种情况，当他们觉得自己撑不下去忍不住向亲友们求助时，不少亲友却对他们说："这没什么大不了的，你明明可以生活得很好啊！"他们不知道，这句糟糕的宽慰恰恰成了压倒抑郁症患者最后的一根稻草。当一个人深陷在情绪的泥淖中时，身边亲密的人却指责他只是无病呻吟，可想而知打击会有多么大。

"没什么大不了的"，就像"大家都不容易"一样，是那种貌似政治正确，其实毫无意义的安慰。说这种话的人通常不走心，只是顺口就说了出来，全无一丝发自内心的关怀。

共情其实是一种很重要的能力，缺乏这种能力的人基本上很难交到真心朋友。什么是共情能力？心理学家罗杰斯给出的解释是，体验他人内心世界的能力。说直接点儿，共情能力就是能够设身处地、为他人着想，尽管很难做到百分之百感同身受，但至少可以尝试着去理解和认同他人的内心感受，这才是人们所需要的真切的关心。

比方说，当一个怕黑的人在黑暗中对你说："天好黑，我好害怕啊！"你需要做的不是告诉他这里并不黑，而是对他说："我知道你的心情，你害怕的话就尽管跟我说吧！"当一个人的感受被看见和被理解后，他就没那么难受了。就像作家蔡崇达说的那样："理解，才是最大的善举。"武志红更是不止一次地表示："看见，就是爱。"

谁都知道，一个能陪你一起哭的朋友，肯定比只陪你一起笑的朋友更可贵。可缺乏共情能力的人，却完全没办法陪你一起哭，他只会在你哭的时候义正词严地告诉你，这没什么好哭的，做人要乐观一点儿。

做人要乐观一点儿，这个道理谁都懂，可当我哭的时候，我只想有个人能伸出手，温柔地擦掉我脸上的泪痕，告诉我他知道我有多难过，而不是粗暴地打断我，让我把眼泪憋回去。

这个经典的故事你可能听说过：有一个精神病人，突然觉得自己是一个蘑菇，于是他撑着一把伞蹲在病房的角落里，不吃也不喝，假装自己就是一个真正的蘑菇。亲朋好友们都束手无策，最后是他的主治医生灵机一动，也扮作蘑菇蹲在他身边，这才慢慢打开了他的心门。

这个故事告诉我们，当一个人悲伤绝望的时候，他需要的不是训斥、告诫和教导，他需要的只是有人能陪在他身边，真诚去体会他的感受。

下次，当你不知道该如何安慰你的朋友时，你不妨蹲下来，陪他做一个蘑菇吧！对一个悲伤的人来说，你懂得他的不容易，就是最好的安慰。

08

不是每句对不起，都能换来没关系

在网上看到一个视频，河南洛阳的一条公路上，一个年轻男子和一个骑电动车的中年男人狭路相逢，年轻人忽然拦住中年男人厉声问道："你还记得我不，老师？"骑电动车的中年男人才知道，眼前这个看上去有些面熟的人，应该是他教过的学生。他还没开口，年轻男子就一个耳光扇了过来，而且啪啪啪连扇了他十几个耳光，一边打，一边骂："你还记得你以前咋削我的不？你咋削我你还记得不记得了？"

作为一名围观群众，我当时就震惊了，心想到底是多大仇、多大怨啊，这么多年还念念不忘。这事据说已经被立案侦查了，打人的学生常某称，他在 13 岁的时候，被这个老师踩脚底下对着头部踹了十几脚，而且这样的事情不是一次，而是多次。这些遭遇对他的成长造成了很大的影响。他觉得，老师这样做是因为他家里没钱、没权，就随意践踏他的尊严，实在是太过分了，他现在长大了，所以选择了报复。

这个视频被大量转发，在网上也引发了热议。有人批评打人者不对，也有人为“复仇”叫好。叫好的主要是有同样遭遇的网友，他们觉得，常某打回去的做法似乎替自己出了口气，仿佛打的不是常某的老师，而是体罚过自己的老师，所以有种心理满足感，忍不住说一句“打得好”。还有一种观点，觉得事情已经过去这么多年了，而且再怎么样那也是自己的老师，做学生的应该大度一点儿，不该和老师计较。

“打得好”的观点固然太过偏激，但这种“我劝你宽容”的论调我实在不敢苟同。我当然不赞成像常某那样采取过激的方式来报复老师的行为，但这绝不代表，我觉得他应该原谅他的老师。有些事的伤害太深了，除了当事人，没有人有权利对此指手画脚。原谅不原谅，应该他自己说了算。常某采取报复行为确实太过火了，但不报复，并不代表他要宽恕。他就算在心里记恨一辈子，也没什么好指责的。

扪心自问，倘若我遇到这样的事，我能轻轻松松地选择谅解吗？至少我本人是做不到的。去年我们班搞了次大型的同学聚会，当我听说某位老师也去参加时，顿时感觉兴致索然，差点儿都不想去了。

这位老师当年对我造成的伤害可能不亚于常某的老师对他的伤害。我到现在还清楚地记得，那是在一次体育课上，当时老师有事走开了，让大家站好队别动，而读书那会儿的我比较顽劣，和几个玩得好的同学没有规规矩矩地站队，而是凑在一起交头接耳。然后那个老师突然出现，阴沉着脸扫了我们一眼，之后单独冲我一个人怒气冲冲地吼道："你，叫你站好不站好，还有点儿规矩吗？"他一边说，一边伸出腿恶狠狠地踹了我一脚。

我那时只有十三四岁，身高不到一米五，体重只有六七十斤，他一个虎背熊腰的彪形大汉，重重的一脚踹过来，差点儿把我踹翻在地。他那一脚正好踹在我的小腿胫骨上，挨过打的人都知道那有多疼，比疼痛还要难以忍受的是那种无处遁形的羞耻感。要知道，我一个自尊心超强的女生，被老师当着全班同学的面踢了一脚，面子上哪里过得去。

我是那种遇强则强的性子，被踹了之后就犯起倔来，强忍着钻心的疼痛，仍然吊儿郎当地站着，脸上故意挂着吊儿郎当的笑容，其实疼得泪水都在眼眶里打转了。

"你到底站不站好？！"见我这样，他更生气了，又飞起一脚踹过来，还骂了一句非常难听的话。

连续被踹了两脚的我再也控制不住，疼得眼泪唰的一下就掉了下来，同时控制不住的还有我的暴脾气，那一刻我热血上涌，看到旁边有一把扫帚，随手就拿起来当武器，嘴里还嚷嚷着："我跟你拼了！"完全没有考虑到我在人家面前就是根豆芽菜，敌我之间的战斗力相差实在太悬殊了。

见我这种架势，那个体育老师一时也被镇住了，可能他揍过无数学生，头一次碰到敢反抗的。双方剑拔弩张地对峙了一阵，最后还是有路过的老师看不过去，出面调解，让我写个检查了事。事情到这里并没有结束，从那以后，班上有些缺德的男生见了我，就用体育老师骂过我的话侮辱我，直到我忍无可忍将其中一个痛揍一顿，他们才罢休。

我还记得，小腿上被踹的瘀青足足一个月才消散，而被老师暴力对待和言语羞辱的那种羞耻感，至今都没有彻底消散。我那时和常某的想法一样——"凭什么他可以这样对我？"就因为我长得瘦小，看上去好欺负，所以他选中了我下手，而不是那些看上去身强力壮的学生？据说作家毕淑敏在小学时被音乐老师嘲笑唱歌跑调，在合唱队里被要求只许张嘴不许出声。此后的几十年她都无法开口唱歌，甚至害怕在众人面前发言。那种屈辱，就像她说的那样："烙红的伤痕直到数十年后依然冒着焦煳的青烟。"

后来，同学聚会我还是去了，而令我吃惊的是，那位老师好像完全不记得当年的事了，居然还笑嘻嘻地说，听说我成了一名作家，希望我能送他几本签名书。我想都没想就回绝了。有同学将我拉到一边，说了一大堆劝我的话，无非做人要宽容、要不计前嫌，他毕竟是我们的老师，应该知道感恩之类的鬼话。我干脆明了地告诉她："你们可能都忘了他当年是怎么对我的，我可一辈子都忘不了。不动手抽他几个耳光，已经是我最大的宽容了，至于感恩，那是不可能的。"

总是有这么一些热衷于和稀泥的人，生平最喜欢做的事就是劝别人宽容，劝别人大度，完全不顾别人曾经历过什么。

比如说，一个女人的丈夫长期出轨，她在婚姻中得不到任何关爱，当她终于下定决心要离开时，那个丈夫回头了，身边的亲戚朋友纷纷劝她："他都已经改了，你就大度一点儿原谅他吧！"

再比如，有一个女孩子从小就被亲生父母送走了，多年以后，她早已长大成人，也拥有了自己独立的事业，这时她的父母忽然冒出来，要她认祖归宗。女孩子如果不愿意的话，就有一大群围观群众跳出来指责她："这可是你的亲生父母啊，没有他们哪有你，一个人对自己的亲人就不能宽容一点儿吗？"

这种情况发展到极致，就会演变成不去指责施害方，转而指责受害者的心胸不够宽广。在著名的江歌案里，江歌为了保护朋友刘鑫，被刘鑫的男朋友残忍杀害。但吊诡的是，事情发生后，居然还有人指责江歌的母亲不够大度，因为她怎么也不肯原谅刘鑫。他们的逻辑是"她都已经道歉了，为什么就不能原谅她呢"，甚至有人要求你去感谢伤害过你的人，他们的理由是"如果你还不愿意感谢，说明你还困在心魔里，没学会放下”。

这种强行和稀泥的方式，看似在关心受害者，实际上无异于对受害者进行二次伤害。施害方由此获得了豁免权，而受害者却背上了不得不宽恕的心理包袱。他们的初衷，只不过是想息事宁人，换来表面上的一团和气，至于被伤害的那个人的伤口是否还在流血，他们是看不见的，或者即使看见了也假装没看见。他们往往以好心人自居，而实际上他们最大的问题正是不够善良，缺乏最基本的同理心，为了展现他们的一片“好心”，不惜往别人的伤口上撒盐。

这些所谓的和事佬不知道，不是每句对不起，都能换来没关系，何况，很多时候那些伤害过别人的人，连一句真诚的“对不起”都懒得说。他们压根不觉得自己做错了，那么受害者为什么要去原谅一个压根没有丝毫悔意的人呢？

对那些深深伤害过自己的人，不必强求自己去宽恕。有的时候，不报复，已经是最大的宽恕，不一定要以怨报怨，但也没必要以德报怨。至于遇到那些动不动就劝你宽容的人时，请记住郭德纲的这句话：“那些不明白任何情况就劝你一定要大度的人，这种人你一定要离他远一点儿，因为雷劈他的时候会连累到你。”如果下次还有人劝你宽容的话，你不妨直接回他一句“我劝你善良”。

09

哪一年，让一生改变

我看过一部电影叫《沙漠之花》，故事是以名模华莉丝·迪里为原型改编的。华莉丝来自索马里沙漠，那是一个盛产娃娃新娘的地方，她们中的绝大多数人没有任何地位，被男人当成泄欲和生育的工具，一辈子都生活在压抑和痛苦之中，而华莉丝也难以摆脱这样的命运。

5 岁时，她被行割礼。本来大多数女孩子要等到进入青春期才行割礼的，可她父亲坚持华莉丝要早点儿接受这一仪式，理由是“为了避免她再次被奸淫”。

13 岁时，她父亲因为五头骆驼的聘礼，要把她嫁给一个 61 岁的老头做第四任妻子。

父亲要她出嫁时，她毅然决定抗争。她可以忍受肉体上的痛苦，却无法忍受精神上的凌迟。对她来说，嫁给一个60多岁的老头做娃娃新娘，就等于用利刃一刀一刀割她的心，她怎么也接受不了。

现在看来，华莉丝能顺利逃出沙漠纯属奇迹。这一路上险象环生，她先是被父亲追赶，好不容易跑掉了，又遇上了狮子，还好她瘦得皮包骨头，狮子可能对她没什么兴趣，她才得以脱离狮口。又渴又累的她搭上了便车，结果司机试图强奸她，她用石头砸破了他的头，才逃过一劫。

她一个人跑啊跑，赤着脚，在烈日的炙烤下奔跑。凡是在正午时分去过沙漠的人都知道那有多热，多难熬。华莉丝的双腿被沙子磨破，血迹斑斑，可她还是熬过来了。这场暴走在她的脚上留下了不计其数的疤痕。她刚刚做模特时，这双伤痕累累的脚震惊了摄影师。

是什么支撑她跑出了大沙漠？可能是那种一定要活下去，而且要活得更好的强大意志力吧！后来她写的自传《沙漠之花》的开篇第一句就是："行走在生命之路上，会遭受风雨，会享受阳光，也会身陷无数飓风的风眼。一个人能否生存下去，完全取决于意志是否坚强。"

她跑到摩加迪沙的外婆家时，看上去完全是难民的模样，外婆惊呆了，认为她能活下来纯属老天保佑。

电影中反复提到一个问题：哪一天是你生命中最重要的一天？很

多人认为，是她在麦当劳打工时，被著名摄影师特伦斯·唐纳德发现，然后他帮她登上了当年倍耐力的年历封面，赞美她拥有“全世界最美的轮廓”的那一天。在一群白人模特中，华莉丝很快脱颖而出，与众不同的肤色让她拥有极高的辨识度，成为白人模特中一颗最闪亮的“黑珍珠”。

但我觉得，她决心从沙漠中逃跑的那一天，才是她生命中最重要的一天。从华莉丝决定出逃的那个晚上开始，她就已经决定亲手掌控自己的命运。如果一个人连孤身穿越沙漠都不怕的话，那么这个世界上就没有什么事情可以难倒她。她注定要出人头地。

正是那一天，让她的一生得以改变。

和华莉丝一样，我们普罗大众往往也会遇到至关重要的时间节点，在某一年的某一天，突然下定决心，决定从平凡的生活中突围而出。

现在回想起来，对我个人来说，改变命运的是决心考研的那一年。刚毕业的时候，我被分配到一所小学教书，浑浑噩噩地度过了好几年。每天工作之余，我就和同事们一起打打牌、跳跳舞。那样的日子很轻松，也很单调。有一天，同事们在讨论退休后的事，我心里忽然有一个声音告诉我：我不要过这样的生活，一眼就能望到尽头。我想去更广阔的天地，认识更多有趣的人，经历从未有过的事。抱着这样的想法，我决定报考当时一直很喜欢的一位老师的研究生。

周围的人听说之后，有大吃一惊的，有暗暗嘲笑的，大多数人等着看我的笑话。毕竟，我只是从中师（中等师范，相当于高中阶段）毕业的，并没有上过正规大学。专业课还好，我记性算得上上乘水平，可以靠死记硬背迅速提升，但最头疼英语。以前中师是不设英语课的，所以我的英语水平还停留在初中阶段。我在同学的建议下，买回了一套《新概念》，从第一本开始学。

我用的是很笨的法子，先从背单词开始，每天规定自己至少背五十个单词。记得我一开始学英语时，一篇文章中基本上有一大半的单词我都不认识，全靠查字典。那时还在用文曲星，四本书学下来，我的文曲星也被按得快要失灵了。我学英语一度学到走火入魔的地步，吃饭时在听磁带，走路时念念有词，连做梦都在背单词。也许是我确实有点儿对付考试的天赋，这样苦学下来，我的英语居然考了近八十分，而那时离我决定考研只过了一年时间。

这件事当然没有华莉丝孤身穿越沙漠那么困难，可也绝对不算容易。但同时那段时光正是我最美好的回忆，每天都过得很充实，每天都对未来充满了憧憬。那时候的我还年轻，自信可以改变未来。

后来，我如愿以偿地回到了校园再次做学生。回想起来，那也是一段特别美好的时光，整个人意气风发，总觉得自己在朝更好的生活一步步迈进，未来都在掌控之中。我几乎整天泡在图书馆里，如饥似渴地读书，真的称得上如饥似渴。我知道自己荒废得太久，所以一心想把荒废掉的时光都补回来。学校的教学楼附近有一架紫藤花，我常常捧着古籍在花下看，春天的风吹过时，紫藤花簌簌落下，感觉时间都变慢了。

截至目前，我仍然觉得备考的那一年是对我最为重要的一年，如果不是那一年所做出的努力，我可能还浑浑噩噩地待在家乡的小镇上，过着随波逐流的生活，不知道自己要什么，也不知道自己到底能得到什么。最后的回报固然重要，但我觉得，即便努力的结果不尽如人意，那种为了理想去拼尽全力的过程也足够精彩。

我是典型的摩羯座，天性中有勤奋苦干的一面。回想前半生，每每觉得最美好的时候，恰好都是为了某个目标刻苦前行的时候。年龄日长，我越来越觉得，只有通过长期缓慢的努力达到目标时，我们才能收获实实在在的快乐。

身边也有很多朋友和我一样，人生的转机就出现在关键的某一年里。我认识一个网名叫七天的小姑娘，大学毕业后一直生活在老家的小城里。她个子不高，只有 155 厘米，是典型的哈比族，但在如此娇小的身躯里，却蕴含着惊人的勇气与力量。和许多姑娘一样，家里父母对她的期待一直都是希望她找一份安稳的工作，嫁一个靠谱的男人，待在老家平平安安地过一辈子。她一开始也在老家廊坊待了一段时间，但很快就发觉这不是她想要的生活。

“我还这么年轻，不想就这样活一辈子。”抱着这样的想法，她当机立断辞了老家那份如同鸡肋般的工作，租了一辆面包车，拉上自己的行李，就此晃荡到了北京。

七天可能就是数百万“北漂姑娘”中一个典型代表吧，她没有出众的美貌，没有良好的家世，甚至连就读的大学也不是什么 211、985，所拥有的只是一腔孤勇和满腔热血。刚到北京那会儿，她称得上一无所有。她租住在没有暖气、没有热水器的远郊平房里，工资在交了房租后就所剩无几，连吃一份麻辣烫都要考虑不能超过十五块，感情上也不顺心。她全心全意喜欢的男朋友觉得她有点儿胖，不愿意再和她继续走下去。

北京的生活确实很难，尤其是在没有暖气也没有爱人的冬天。可是即使再难，她也没有打过退堂鼓。她在电脑屏幕上打下了这样一段话：“我喜欢这样的北京，这里有迷失的灵魂，也有倔强的人生。活在这个城市里的你，拥有无限的可能。”北京对这个小小的女生来说确实太大了，可它的魅力也是无穷的，就是为了活出更多的可能性，她不顾家人的反对留了下来。

如今的七天，在一家知名互联网公司任职，出版了一本畅销书，也认识了一大堆志同道合的朋友。这样的生活，都是她以前无法想象的，而在谈及这一切时，她说，幸好那一年她选择了这个大大的城市，而不是留在老家。

如果说华莉丝、我和七天的故事有什么共同点的话，那就是当年我们都陷入了某种生活的困境，也都急于改变当时的状态。其实很多人都遇到过这种困境，但绝大多数人往往难以跳出原有的生活，因为这样必定会让自己的生活发生巨大的改变。而改变就意味着未知的风险，意味着伤筋动骨、趺趺撞撞、碰壁流血都是在所难免的。

回首半生，我才发现，在人的一生中，真正关键的只有那么几步，所以这几步怎么走就是至关重要的。我始终相信，只要你有突围的勇气和不怕吃苦的决心，也许只需花上一年的时间，你就能扭转自己人生的航向。就像那只坐井观天的青蛙，只有在跃出井底时，才能看见更广阔的天空。

10

你还在做一个“性格好、没脾气”的老好人吗

一天深夜，我洗漱完正准备睡觉，忽然听到了微信提示音，打开一看，原来是一个好久没联系的老朋友包子发来的信息。这条信息只有短短一行字：“睡了吗，如果没睡方便聊聊吗？”

我拿起手机，赶紧回了“方便”两个字。她却说：“不好意思今天实在太晚了，有点儿怕打扰到你，要不等你有空时再聊。”

我和包子认识至今已超过二十年，深知以她的个性，如果不是碰到了什么事，绝对不会在半夜三更去打扰别人，哪怕这个人是相交多年的好友。想到这里，我拿起手机，立即给她发送了语音通话的邀请。

手机嘟嘟嘟响了好几声之后，那边才接通，包子的声音在电话那端响起。和多年前一样，仍然是那样软绵绵、怯生生的语气，她说的头一句仍然是："不好意思，没打扰到你吧？"

"没有没有，你和我就不用这么客套啦！"我直截了当地说，"有什么你就直接说吧！"

"呜呜呜……"电话那头的包子忽然哭了起来，一边哽咽一边含混不清地说，"这些年来，我实在太累了，感觉一直为别人而活……只是我不明白，为什么我付出了那么多，却没有一个人领我的情？这种日子，我实在忍不下去了……你读过那么多书，告诉我该怎么做吧！"

我只好手忙脚乱地安慰她。在我的再三宽慰下，她总算平静下来。也许人在深夜时特别容易坦露自己的脆弱，印象中一直把自己的情绪藏得很深的她，终于头一次敞开心扉，向我倒起了苦水。

我和包子是在遥远的中学时代认识的，那时的她刚从一家村办中学转到我们学校，完全是那种"乡里妹子进城来"的感觉，整个人都流露着几分怯意，看人的眼神都是躲闪的。一开始，同学们都不怎么爱和她接触，可能觉得她太土了。可后来，班上几乎没有一个人不说她好的，因为她的脾气实在太好了。

包子的脾气好到什么程度呢？有个成语叫"唾面自干"，意思是别人往你脸上吐一口唾沫，你连擦都不擦，只是静静地等着它自己变干。包子有时给我的感觉就是如此，班上有些调皮的男生开始的时候爱拿她开玩笑，比如往她的桌洞里放个癞蛤蟆什么的，她总是一笑了之，从来不计较。

她的脸圆圆的，人白白胖胖的，有个促狭鬼给她起了个“包子”的外号，真是非常贴切。久而久之，大家都忘记了她的本名，都只记得“包子”这个外号了。包子这个名字真是名副其实，她就是传说中的那种面人儿，特别温和，特别友好，在她身上完全看不到一丝锋芒，对谁都笑脸相迎。

印象中，包子总是笑眯眯的，似乎从来没有发过脾气。小组值日时，另外几个同学都在打打闹闹，只有她一个人从头到尾都在卖力地干活；班上外出野餐时，大家都在打打闹闹只有她守在烧烤炉前，任劳任怨地烤着肉串。她的画画得不错，当美术老师每次布置下作业时，就有一大群同学围在她身边，求她帮自己代画一张交差，她总是来者不拒，哪怕是给她取外号的那个促狭鬼，也常常叫她代劳。

她对谁都一团和气，对谁都亲亲热热的。这样的性格，往好了说是面，往坏了说就是㞞。班上的同学虽然都喜欢找她帮忙，但要说真的很喜欢她、很重视她的话，却谈不上。

有一次，我和她分到一个小组做值日，另外几个同学照例当甩手掌柜，什么都支使她去干。我是一个暴脾气，忍不住和那些同学吵了起来，一言不合，拉着包子的手就跑了，将烂摊子留给那群人收拾。

就是那一次，包子开始对我刮目相看，理由是“我居然不怕和全世界为敌”（当然夸张了）。两个性格截然不同的人，居然成了好朋友。我有时会怂恿她在遇到事时发发脾气，可江山易改本性难移，她宁愿自己吃亏也不愿意开罪别人，还反过来对我说“吃亏是福”。

长大后，她把这种性格发展到了极致，谁提起她来，都会说，那是个超级热心、超级愿意帮忙的大好人。

在公司，她扮演的角色是贴心小姐姐，以任劳任怨出名，上至领导，下至同事，谁都可以将她支使得团团转。大家平常叫她去复印打字什么的就不说了，连叫个下午茶这种差事，也常常成了她的事。她每天忙得像个陀螺，不是在帮张三的忙，就是在替李四跑腿。同一个项目中，辛苦的活全归她，这样一天下来，她连自己的事都没空干。她忙成这样，业务却一点儿都没精进，年末优秀员工的评选根本没她的份。而跟她一起进公司的人，一个个早就已经升职加薪了。

在家里，她是父母眼中最孝顺的女儿，公婆面前最听话的儿媳，丈夫最贤惠的妻子以及儿子最慈爱的母亲。在父母和公婆面前，她不敢有脾气，因为他们年纪都大了，轮也轮不到她发脾气；在老公面前，她不忍有脾气，因为老公工作压力大，肩负着养家糊口的责任，她不想再给他增加压力；在儿子面前，她就算有脾气也不能发，毕竟现在都说什么亲子关系决定了孩子的未来。

她平常做什么优先考虑的都是家人怎么样、孩子怎么样，却唯独忘了自己。父母生病时看护的是她，老公焦虑时安慰的是她，孩子做作业时辅导的是她，这样就算了，过分的是，家里每个人都可以在她面前肆无忌惮地挑剔和发火。就连她10岁大的儿子，也学会了看人下菜碟，在爸爸面前是只乖顺的小绵羊，但到了她面前就变成了大灰狼，一点儿都不讲理。

大家都说她性格好、没脾气，可这世上哪有没脾气的人呢？泥人也有个土性儿，她只是压抑了自己的脾气，一次次退让和忍受，只为了让大家相安无事。可是她忍啊忍的，却并没有人体恤她的付出。

压倒她的最后一根稻草是老公的态度。平时都是她接送孩子，那天她淋了雨突然发烧了，便让老公抽空去接一下，结果老公一听就炸了，说自己忙了一天的工作，还要在公司加班，她却连这么点儿小事都做不了。那天她只得顶着昏昏沉沉的脑袋去接孩子，公交车都坐过了站，晚上终于忍受不了给我发了微信。

“我对他们都挺好的，为什么他们一个个都对我这样，连老公都这么过分！”包子吐槽，“一个个都恨不得骑在我头上拉屎，欺负我人好吗？”

我叹了口气，告诉她，她这话还真的说对了，那些人之所以这样对她，确实是欺负她人好。俗话说，“人善被人欺，马善被人骑”，这话并不是说人不能善良，而是告诫我们不能无原则地善良。包子的问题，就在于她总是为了别人一再调低自己的底线。善良如果毫无底线的话，就会沦为懦弱，而懦弱的人，注定是要被欺负的。

在现实生活中，像包子这样的人还真不少。他们总是过分温和，对他们来说，最可怕的就是得罪别人。为了回避一切冲突，他们将自己的脾气隐藏起来，表现得没有一点儿攻击性。可这样的老好人，却往往好心没有好报。心理学上有一种效应叫作“阿伦森效应”，是说如果你习惯了对一个人付出，那么一旦某天没有满足对方的要求，对方反而会怀恨在心。通俗来讲，也就是我们所说的“升米恩，斗米仇”。

所以何苦要做个吃力不讨好的老好人呢？关于这个，休闲璐在微博上发布的内容说得好：“做坏人多好，可以理直气壮地拒绝任何人的要求，可以说不，可以不用在任何场合做温柔带笑的那个人，可以不用忍受来自朋友过分的玩笑，可以想走就走。当我不想包容别人的自私，当我受够了，当我不想再一直照顾别人了，当别人对我说恶毒的话，对不起，我说话比你没素质多了。

“当你希望自己在别人口中是一个好人时，你要额外付出很多，而且要一直付出，永远不间断地付出。当你有一次付出少了，付出慢了，那他们就会说你是个王八蛋，说你变了。他们比谁都委屈，他们说你以前一直这样，为什么这次你变了。”

我把这条微博分享给了包子，她狠狠地表示，她也早受够了，不想再做所谓的好人了，更不想再当受气包。我相信这只是她气头上的话，因为以她的本性，是没办法完全做个“坏人”的。话说回来，与人为善并没有错，我仍然希望大多数人能坚持做一个好人，但千万不要做老好人，那些不懂得感恩与珍惜的人，压根就配不上你的忍让与付出。

别再误以为没脾气就等于情商高。我很喜欢蔡康永的一段话，他说："把自己压抑得没脾气，那当然不是情商，那是欲练神功，挥刀自宫。永远对人笑眯眯的，那也不是情商，那是戴了个令人窒息的面具。"从今天开始，卸下你的面具，做一个真实的人吧！

II

你要 nice（友好），更要“耐撕”

我在刷微博时看到一个小姐姐和她的粉丝开战了，一开始我的确有点儿吃惊，因为关注这位小姐姐多年，觉得她是一个特别温柔可亲的人，长相温婉，性情也温柔，这么多年了，几乎没见她和谁发生过冲突，哪怕和男朋友分手了，大家也不会撕破脸，仍然可以和和气气做朋友。这样一个人，怎么会突然发飙呢？

围观了一阵，我终于搞清楚了前因后果。起因是她一个人搬家时太累，就调侃说想嫁一个搬家公司的老板，结果却被人吐槽说一把年纪还在装小宝贝，将改变人生的希望都寄托在男人身上，这是对女性的矮化和物化之类的，而且说了不止一次。这位小姐姐其实一贯独立自强，哪知道说了句玩笑话就被人上纲上线，在某人一而再再而三的挑衅下，她终于忍不住怒了，将事情的前因后果都写了出来，并且放话，尽管放马过来，姐姐我奉陪到底！

这话说得真是气势如虹啊！几个回合下来，那个之前叨叨叨的粉丝一下就噤声了。她可能本来觉得此人良善可欺，没想到一试之下，发现对方居然是个不好惹的角色，惹不起，那就只能躲了，顶多只敢弱弱地说一句："你还不是仗着你是大V欺负弱小。"难道她主动用尖酸刻薄的话攻击别人时，就没有考虑过被大V手撕会是什么样的下场吗？再说这事本来就是她理亏，和恃强凌弱完全扯不上关系。就像这位小姐姐说的那样，身为大V，难道就只能任人讽刺不能还嘴吗？那才是没天理了。

这位小姐姐自己还开了一家微店。老实说她这样在微博上和人开撕是有风险的，也许有些人会看不惯故意黑她，也许会有人故意去她店里刷差评。这些她当然也考虑到了，但是她觉得这事已经超出可以忍耐的范围了，所以索性抛开那些顾虑，痛快淋漓地吵一回。

那么经此一役，她之前展现出来的温柔可亲的形象到底有没有受损呢？至少在我个人眼里，不但没有减分，反而加分不少。经过这件事后，我更加喜欢她了，觉得她可柔可飒，平时温柔似水，发起火来却如此有杀伤力，简直就是我心目中的侠女。

我发现并不是我一个人有这种想法，很多吃瓜群众都和我的观感相同，不少人对她表示支持，还有声称自己路转粉的。

为什么会这样？我想是因为大家心中都是向往快意恩仇的，在小姐姐怒斥对方时，我们心里的压抑也随之得到了宣泄。所以，看着她战斗力爆棚，我们一起叫好，只因为作为围观群众的我们，一时间产生了幻觉，以为怼人的是你我，而被怼的，则是那个你诅咒了一百遍却不得不赔上笑脸的某人。

我们喜欢这位小姐姐，因为她不但 nice，而且“耐撕”。Nice 很好理解，无非是美好、温和，那么“耐撕”呢？这算是一个新兴的词语，网上习惯于将与人发生正面冲突叫“撕”，而所谓“耐撕”，照我个人的理解，说白了就是指既不怕和人“撕”，又擅长于和人“撕”。

从小到大，我们都被教育要做一个 nice 的人，却很少有人教我们如何做一个“耐撕”的人。也就是说，按照传统的观念，冲突是一件不好的事，好比练七伤拳，伤人又伤己，所以下意识地，我们就要避免一切冲突。在这种理念下，自然没有人告诉我们，发生冲突时，到底应该如何处理。

可事实上，没有人生活在真空里，我们也没有办法一直佯装岁月静好，树欲静而风不止，就算你再 nice，也难免会碰到一些人拿你当靶子，时不时地向你发射一枪。

这个时候我们该怎么办呢？如果一味 nice 到底的话，那就成了人们所说的尿包；只知道一直隐忍退让，就成了传说中的“忍者神龟”，憋了满肚子的气，将自己憋出了内伤，也不知道该如何回击。

其实冲突本身并不可怕，只要应对得恰当，它不但不会损害你的人际关系，反而会让你活得更加轻松自在。当冲突发生时，与其消极回避，不如正面应对，这样才能解决问题。有些人可能担心因此得罪人，但是仔细想想，那些胆敢肆无忌惮地跑到你的地盘撒野的人，他们在心里有把你当回事吗？对这样的人 nice，就是对自己残忍，你需要做的，就是以彼之道还治彼身，让他们见识一下你的脾气，见识一下你不是一个任人搓圆捏扁的尿包。做一个只知道躲避的尿包，只会让人看不起；做一个敢于回怼的人，才有可能赢得对手的尊重。

不必担心这样有违你做一个好人的原则，作为好人的典范，雷锋同志也曾经说过这样一句话：“对待同志要像春天一般温暖，对待敌人要像秋风扫落叶一样冷酷无情。”对那些无休止地挑战你的底线、践踏你的尊严的人，实在不必客气，拿出秋风扫落叶一样的气魄，将他们横扫出你的世界，最好是有多远滚多远。

要做一个“耐撕”的人并不容易，这意味着，你既需要拥有敢于面对发生冲突的勇气，也得拥有处理冲突的智慧。也就是说，你得学会如何合理地表达自己的愤怒，而不是一味地压制自己的怒气。上百度查了一下，我发现网上居然还出现了一个所谓的“耐撕”指数：能够承受“被生活撕拉”的能力，它是赢得美好生活的手段和智慧，已成为衡量现代人生存能力的重要指标。

从某种意义上来说，“耐撕”比 nice 的难度系数更大，也更利于我们的身心健康。拥有这项技能的人，相当于披上了一身盔甲，一般都皮糙肉厚一点儿，心理比较强大，不害怕得罪人。他们一般不会主动招惹谁，但一旦谁惹了他们，他们肯定会在第一时间回击。他们轻易不发脾气，可偶尔发起脾气来就会爆发巨大的杀伤力。

就像前文所说的那个小姐姐一样，她看上去温和，实际上并不好惹。一个不好惹的人，活得比那些 nice 的人要痛快得多，因为她从来没有压抑过自己的真实情绪，她的内心是舒展的。一个懂得适时表达愤怒的人，才会让侵犯他边界的人知难而退，才能有效地捍卫自己的尊严。这样的人，真正活出了自己，所以反而是极有魅力的。讨厌他的人不敢轻易冒犯他，喜欢他的人则是发自内心地欣赏他。而那种试图一个都不得罪的人，反而会落得两边都不讨好的下场，讨厌他的人可以肆意地攻击他，喜欢他的人则往往哀其不幸、怒其不争。

我相信大多数人不想主动去惹是生非，但我觉得，为人处世有一条基本的原则，那就是：没事不惹事，有事不怕事。功夫巨星李连杰有一句话说得好：“忍无可忍，无须再忍。”碰到不长眼的人一再冒犯你时，该怼就怼，该骂就骂，受了气之后不是畏畏缩缩地忘掉，而是痛痛快快地怼回去。来到这世上，我们都只能活一次，那就不妨活得痛快一点儿，才对得起这仅有一次的人生。我们 nice 的一面，应该只留给那些珍爱我们的人。对那些让你不爽的人，你唯一需要做的，就是变得更“耐撕”一点儿。只有如此，我们才能在这个残酷与温暖并存的世界里，温柔而又坚强地活下去。

12

做一个“自私”的女人有多爽

那天和几个闺密聊天，我们无意中说起了男人和女人的不同。有一个闺密感慨说，中国男人最大的问题就是太白私了。她的原话是：“这男人啊，永远都会把自己摆在第一位，哪怕是结了婚，生了娃，还是歌照唱，酒照喝，游戏照打。我 10 岁的儿子都比他懂事，早知道这样的话，我就是单身一辈子也不会结婚的。”

几个闺密连忙点头称是。关于男人们是如何自私的，她们可以说上一个通宵。在她们的描述中，自家男人就像一个长不大的男孩，永远那么贪玩，永远把狐朋狗友看得比娇妻幼子还重要。他们好像总是有忙不完的事，要工作，要加班，要应酬，好不容易准点回家，也是瘫在沙发上打游戏，根本就没有多余的时间和精力匀给身边的亲人。

“搞笑的是，你一抱怨说太累了，他就会睁大眼睛做无辜状，天真地说那老婆你多休息休息吧。他就不想想，家里一大堆破事，他不管，我也不管，那还像个家吗？”闺密 A 抱怨说。男人自私就算了，关键是他们还自私得如此理直气壮。

为了避免大家成为祥林嫂，我赶紧转移话题：“那你们说说看，中国女人最大的问题是什么？”

几个闺密不约而同地回答：“太无私了。”

的确，和中国男人相比，中国女人真的有点儿过于无私了。作家黄佟佟曾经写过一本小说，书名就叫《女人是比男人更高级的动物》，想必这本书中的观点戳中了很多女人的心事。如果无私是一种美德的话，那么女人确实比男人活得更高级，也更乐于奉献。

这和长久以来的性别教育有关。波伏娃有句名言：“女人并不是天生的，女人是被后天塑造而成的。”

在著名的《第二性》中，她指出：从摇篮时期开始，人们为女孩子设定的生活就是取悦他人，在没有任何自主思想的状态中完成她们的自然宿命，承担不妥协的人生义务——婚姻和生育。妻子和母亲的命运，是男人发明出来用以否认女性自由的。女人之所以成为女人，绝非单纯的生物学原因，而是取决于社会制度和文明。

一个女孩子从呱呱坠地开始，往往就被周围的人赋予了要做一个好姑娘的期待。在没结婚的时候，她们要做好女儿、好姐姐；嫁了人之后，她们就要做好妻子、好母亲。在家庭中，她们习惯了扮演照顾他人的角色，好像只有如此付出，才能满足社会对她们的期许，才能证明自己确实是好女人。

相比而言，男孩们在成长的过程中很少会被鼓励做一个单纯的好人，社会期待着他们成为一个有用的人、一个强大的人，而在家庭中，他们则往往是被照顾的一方，可以想象，一个衣来伸手、饭来张口的小少爷，在长大后即便结了婚，当然也会自私得理直气壮。

正因如此，很多男人都是抱着找妈的心态找老婆，嫁给这样的男人，可能就避免不了会面对传说中的“丧偶式育儿”和“保姆式妻子”的局面。环顾身边的女性，你会发现她们在结婚前可能也是一个小公主，可一旦结婚了，很多人就沦为“圣母”了。专栏作家侯虹斌曾经写过一篇文章，说中国女人得了病，不是公主病，而是“圣母病”。

圣母病的症状是什么呢？照我的理解，就是过度付出。维系一个家庭当然需要付出，但如果总是停留在单方面付出，而且是超出了能够承受的范畴，那就是一种病，得治了。据我观察，很多人已经病得不轻，她们痛并快乐着，一个个像小母亲似的，把自己的美貌和智慧一点儿不剩地奉献给身边的男人。如果真有乳汁的话，她们恨不得挤出半碗给身边的男人，但结果往往是，她们把男人养得白胖有才人见人爱，自己这朵鲜花却被榨干了汁液，只有萎谢的份了。

这样的女人，的确无私到了一定境界，她们好像生下来就是为他人而活的一样，为此不惜无限度地挤压自己的成长空间。最后，她们往往落得被男人嫌弃的地步，理由是她们“完全在婚姻生活中失去了自我”。

和这种哺育型的女人形成鲜明对比的是那种“海绵女”。她们往往阅男无数，从每个男人身上都能吸收到精华化为己用，一个又一个男人用身体、用智慧、用才华、用金钱等各种养分将她滋养得越来越艳丽、越来越聪慧、越来越个性鲜明。

不是每个女人都能做“海绵女”，这需要一定的段位。但我觉得，在一段关系里，身为女人不妨“自私”一点儿，适度自私有利于保持自我，也有利于两性关系的健康发展。

比如王菲，她可能就是大众心目中活得相当自我的一位女明星了。她是个彻头彻尾的酷女孩，真正实现了想怎么活就怎么活。在我们这个盛产好女孩的国度，她实在是一个异数。

这种酷劲儿表现在她始终把自己的感受放在第一位，不屑于迎合他人，更不理会社会舆论。

这些年来，她结婚、离婚、再婚、又离婚，然后和谢霆锋复合。兜兜转转，她做的事从来都是在追随自己的内心。从香港搬回北京的她更接地气，也更加放飞自我。她玩微博，写段子，和童童在演唱会上互动，带着两个女儿一起在慈善舞会上尬舞。人们说她自毁形象，其实她根本就不在乎，就像她歌里唱的那样，“破碎就破碎，要什么完美”。

很多女人做了母亲后，不管是离婚还是再嫁，考虑最多的就是子女，王菲却不一样。当年她嫁给李亚鹏时，有记者恭喜她为女儿窦靖童找到了新爸爸，她冷冷地说：“童童有自己的爸爸，我是在找我的伴侣。”

做妈妈，她也不走寻常路。她会带着孩子逃课，领着女儿们一起热舞，鼓励她们去做自己喜欢的事情。她成功地证明了，做母亲的女人完全可以不放弃自我，也能让孩子们快乐成长。

这一点和张柏芝形成了鲜明对比。张柏芝看似叛逆，其实是很传统的。她始终以世俗的规则来要求自己，结婚后用心相夫教子，尽力做一个好妻子；离了婚则用心做一个好妈妈。有时看她卖力的样子，不禁让人感叹：做个好妻子、好妈妈实在是太累了。

王菲不一样，她仿佛活在规则之外，从来都不给自己设限。在她身上，你察觉不到与规则对着干的戾气，因为她压根就视规则如无物。但令人惊讶的是，这个游离于规则之外的人，最终却得到了她想要的一切：爱情、亲情、事业和自由。

现在大家都在说“做自己”，可放眼整个娱乐圈，真正做自己的明星并不多，王菲就是其中一个，连宋丹丹在这方面都自叹不如，评价自己“可以说是几乎不作秀，王菲是从来不作秀”。

几乎不作秀已经很难了，要做到从来不作秀更是难上加难。我们普通人尚且做不到，更何况是万众瞩目的明星。

而王菲真的做到了，她从来不考虑世俗的眼光，爱做什么就做什么，做一件事的出发点总是“我喜欢”，而不是“别人怎么看”。身为一个“自私”的女人，她这辈子活得实在太爽了。

作为王菲的粉丝，我也算是在普通人中活得比较“自私”的了。用朋友们的话来说，我从小到大都我行我素。我也曾经反省过自己是不是有点儿太以自我为中心了，没想到后来不止一个朋友对我说过，她们非常羡慕我的生活状态，羡慕我能够尊重自己的感受，羡慕我在结婚生子后仍能继续追求自己的事业，也羡慕我对他人的眼光从来都满不在乎。其实我的内心并没有强大到完全不在乎的程度，但可能是为他人而活的人太多了，才显得我比较另类。

在传统的环境下，自私通常是会被批判的。即使是我行我素如我，也曾因为这点而自责过。但在听了那么多关于无私奉献的女人如何被辜负的案例后，我才恍然发现，其实稍微自私一点儿，也许并不是一件坏事。太过无私的女人，经常活得苦哈哈的，就像蜡烛一样，照亮了别人，代价却是燃尽了自己。

有本书叫《自私的基因》，按照书中的说法，人生来就是自私的，我们没必要刻意去压制这一天性。只要不伤害他人，人不妨自私一点儿，尤其是在目前这种环境下，女人更应该自私一点儿。在成为母亲、妻子、女儿之前，最重要的是先成为自己。当然，两者其实并不冲突。

时尚先锋香奈儿曾经说过这样一句话：“身为一个女人，你可以穿不起香奈儿，你也可以没有多少衣服可供选择，但永远别忘记一件最重要的衣服，这件衣服叫自我。”我至今还穿不起香奈儿，但庆幸的是，那件叫自我的衣服，我一直穿在身上，希望你也别丢掉它。

13

把你宠上天的男友，有时是一种灾难

逛论坛时，我发现有一个人发帖子说：“28 岁了，想找个干净的、温暖的、特别特别特别宠我的大叔。我们不急不躁地相处，然后结婚，好吗？”

宠我，又是大叔，说真的，我怎么听着就像变相“求包养”呢！

别说，和这个网友有相同需求的姑娘还真不少。在情感论坛，有不止一个姑娘表示，找男朋友没别的要求，只要能很宠很宠自己就好。有一个小女生说，她就喜欢被人捧在手心里的感觉。

捧在手心……姑娘，你当自己是优乐美吗？

这个词，不知不觉成了一个为姑娘们量身定做的词，总是有无数情感导师跳出来告诉你：

男人需要崇拜，女人需要宠爱；

找一个无条件宠爱自己的男朋友很重要；

真爱你的男人，会把你宠上天；

……

这些文章传达的都是同一个意思：对女人这种生物来说，你只需要宠着她就行了。

网上有一段流传甚广的话，说出了这类姑娘的共同心声："我一生渴望被人收藏好，妥善安放，细心保存。免我惊，免我苦，免我四下流离，免我无枝可依。"

这话曾经被传成是李碧华说的，后来有人澄清说不是的。我更倾向于相信这不是她说的。李碧华那么直接通透的人，怎么可能"一生渴望被人收藏好"！男人碰到她，怕是只有被收藏的份。

那么，姑娘们所谓的宠爱具体指什么呢？

某网站此类的热门问题一大把，试举一例，比如："有一个很宠很宠你的男朋友是种什么样的体验？"我随便摘取了一些回答：

"我喜欢这个。"

"买。"

"我想要这个。"

“买买买！”

“这几件衣服都好看……”

“那就都买！”

我给他的备注都是小爹地（爸爸）。你们知道上天是什么感觉吗，他能把我宠上天！

你又多了一个爸爸。

从此以后，你不用剥虾了。

…………

大部分答案看得我头皮发麻，有种不太舒服的感觉。总结起来就是所谓宠上天，一是指经济上，可以让你无休止地买买买；二是指生活上，饭来张口衣来伸手；三是指情感上，永远无条件地让着你，你说什么都对，你做什么都好。

难怪心理学家武志红概括说，中国人普遍的情感模式就是找妈，而对一部分姑娘来说，在家时被爸爸当成小公主一样宠爱；等长大后，她们潜意识只是想找一个像爸爸一样的人来把自己宠上天。

越是恋父情结深重的姑娘，越倾向于找个“糖心爹地”。

中国姑娘为什么这么渴望有人宠？可能是因为媒体也好，影视剧也好，都在塑造一种“女孩子就是要被宠”的舆论氛围。都说女孩要富养，结果就使不少父母把女孩子当宠物一样养大，等长大了再找个男人继续宠着。

这种情感模式下，最终都会养出一堆完全没有独立性、只知索取不懂承担的宠物女孩，怪谁呢?

不怕你们笑话，我 20 岁的时候也曾经把是否宠我当成选男朋友的第一条件，结果也如愿以偿了。直到结婚后碰到很多问题，我才对宠与被宠的关系进行了反思。

作为过来人，我不太建议女孩子把“宠”当成择偶的必要条件，至于那种把你宠上天的男人，最好是离他远远的。

这是为什么呢?

首先，宠与被宠，本质上是一种不对等的关系。

对中国人来说，“宠”这个字源远流长。在漫长的男权社会里，我们是没有“爱”这个字的，只有“宠”。

宠，通常用来形容君王对妃嫔的过分偏爱，比如唐明皇对杨贵妃，就是三千宠爱集于一身。而在民间，这个字通常被用来形容男子对小妾的感情。

这么看来，“宠”字几乎成了男人对姨太太的专用词语。男人们很少宠正室，他们把尊敬留给了正室。

所以“宠”这个字其实带有男权时代的遗留色彩，虽然随着时代的发展，它的外延有所扩充，但还是透露着一种浓浓的居高临下的不平等。

只有姑娘们嚷嚷着要“宠爱”，却从来没听男人们说过想“被宠”。

其次，宠这件事，往往是易变的，靠不住的。

男人可以宠你一时，却很难宠你一辈子。所以古时候的那些妃子、妾，要想各种各样的办法来“固宠”，她们比谁都清楚，男人的宠爱太容易转移目标了。

习惯被宠的女人在失去宠爱后会是什么下场？在古代，她们通常会被打入冷宫，终日以泪洗面，红颜未老恩先断。三千宠爱集于一身的杨贵妃，最后也未得善终。

她们也不明白，男人为何翻脸比翻书还快，说好的要一辈子宠自己呢？

现代没有冷宫了，可是有冷暴力啊。冰火两重天的滋味，想想都不好过。

表面看起来，被宠的那一方在双方的关系中完全占优势，但其实真正掌握主动权的是施宠的那一方。等你习惯了被宠上天，一旦有一天不再被宠了，那种从云端跌落的感觉会好受吗？

你只要观察一下人们对宠物狗的态度就知道所谓的宠有多靠不住了。小狗被宠时，主人心肝宝贝地叫着，简直拿它们当儿女一样，可只要小狗拂逆了主人的意思，就会有被赶出家门的危险。

最后，宠与被宠这种关系，对双方都有害。

被宠，往往就意味着依赖，而且是过分依赖。

那些让男朋友纵容着一味买买买的姑娘，有意无意地都将对方当成了自己的自动取款机。

可能有些姑娘会说，你也太小瞧我了，作为一个新时代的独立女性，钱我自己能挣，我要的只不过是被宠爱的感觉。

可是姑娘，比经济依赖更可怕的是情感上的依赖。当你习惯依赖一个人后，你就会停止成长。你的经济是独立了，可人格不独立啊！如若你失去了爱情，很可能整个人都会崩溃。

我常常听见有些姑娘很自豪地说："跟他在一起，我渐渐变成一个废物，车也不用开了，饭也不用做了。"

我听了之后出了一身冷汗，这样看起来你暂时是受益了，但长此以往却失去了长进。你有没有想过，如果一段情感让你变成废物，那它还是正常的吗？

如果你的男人是出于真心爱你才无条件地宠你，那你就更应该幡然醒悟了。一开始他的确想把你捧在手心里，他替你承担了本应由你承担的那一部分生活责任。可男人也是血肉之躯，长此以往，你说他累不累，一味地索取只会让他想逃离。这才是宠爱难长久的真实原因，尤其是当生活遇到惊涛骇浪的时候，男人扛不住了，想让女人帮忙分担，却忘了她早已被他宠坏，哪有勇气分担？君不见，古时老爷们家中如发生了变故，卷款出逃的通常都是最得宠的那个姨太太，她习惯了享福，没办法再跟你共患难。

任何一段建立在依附基础上的关系，对当事人双方来讲都是一场灾难。

我就是认识到上面这些，才毅然选择去修正我和爱人之间的关系，不再一味地要求被宠爱，而是学着去分担和承受。这样收获的不仅仅是一段更正常的婚姻关系，还有个人的成长与蜕变。

姑娘们通常都把宠误解为爱，认为你有多宠我，就有多爱我。

宠和爱看起来很相似，但其实还是有些微妙的区别的。

按照现代心理学的定义，爱的前提，首先就是平等。在一段健康的情感关系中，双方是平等的，父母对子女、丈夫对妻子，都不能把对方看成自己的附属物，而是要将对方当成一个具有独立人格、和自己平等的人。

爱还意味着滋养，如果一段关系不能让你成长，而是让你停滞不前，那这就不是真正的爱。

宠，显然和这两点无关。你何时见过宠物和主人真正平等过？

爱的内涵比宠要丰富得多，它还包括尊敬、欣赏和理解等。所以判断一个男人是否真的爱你，与其看他有多宠你，倒不如看他是否真正理解你、尊敬你。

时代在进步，婚姻早已不是一种依附关系，而是一种合作关系。在我看来，真正理想的婚姻关系，是两个具有独立人格的人因为爱走到了一起，他们彼此独立，也互相支持。他们就像舒婷诗中的橡树和木棉一样，共享流岚虹霓，共同分担寒潮风雷，仿佛永远分离，却又终身相依。

宠这种东西，就当成调味剂好了，可以适当地用来增加生活情趣。至于能够宠你一辈子的霸道总裁，电视上看看就行了，生活中存在的可能性微乎其微。

姑娘们总是渴望着有一个人能够“免我惊，免我苦，免我四下流离，免我无枝可依”，却忘了后面的话是“但那人，我知，我一直知，他永不会来”。

14

有些女人，唯独在爱情上放弃了进攻

去年的最后一天，一个恢复单身的朋友问我："我还有可能找到一个喜欢又靠谱的人吗？"

我回答说："首先你得去找，光等是不大可能的。"

她立马表示："如果主动去找的话，那样的人不靠谱。"

我："……"

这类讨论在我和朋友之间出现过不止一次，结果都没讨论出个所以然。因为我素来主张姑娘们要大胆地走出家门，去聚会去娱乐，多去认识一些人，而我这位朋友，信奉的则是"我若盛开，清风徐来"

的原则，认为只要自己足够好，总有一天会等到那个真心人。

就我有限的阅历来看，身边还真没有一个矢志的独身主义者，可那么多想嫁、恨嫁的姑娘，却出于种种原因长期保持着单身的状态，活生生让红颜守了空枕。

是什么让姑娘们与爱情一次次擦肩而过呢？

起初我以为是社会对大龄单身女人的偏见，后来发现不是的，与其说是社会给她们设限，不如说是她们在给自己设限。“你不要找，你要等”，就是她们给自己设定的限制之一。

这句话是冰心对铁凝说的，当时铁凝大龄未婚，冰心就对她说了这句话。这本来是长辈出于怜惜对晚辈说的安慰之词，结果却被很多单身女性奉为情感上的金科玉律。

于是，很多姑娘就傻傻地在家等啊等，等着自己的白马王子从天而降，等着有人来发现她独一无二的美，等着清风徐来情花绽放。

在等待的过程中，她们也会千方百计地让自己变得更好。像我那个朋友就是这样，她在30岁之后，把自己活成了一个越来越美的励志范本。她在少女时代有一些婴儿肥，经常穿着肥大的运动服，看上去一点儿都不出挑。30岁之后，她忽然有一天觉醒了，拼命节食，疯狂健身，很快就瘦了下来，配上得体的衣饰和精致的妆容，认识她的人一个个都大呼惊艳，称得上脱胎换骨。

工作上，她同样积极上进，是当地一所最好的小学里最优秀的那类老师，孩子们一个个对她无比贴心，家长尊敬她，同行也欣赏她。

这样一个出色的好姑娘，怎么就一直单着呢？莫非男人们都眼瞎了吗？

其实男人们一点儿都不瞎，可再优秀的姑娘，你整天待在自己的壳里，全身都散发着一种拒人于千里之外的气质，难免会让人望而生畏。

多少姑娘和我这个朋友一样，有一颗上进的心，想要的东西都会拼命去争取，可唯独从来不争取爱情。她们只盼望着爱情从天而降，试问哪有这样的好事？

六神磊磊曾经分析过程灵素的性格，说她唯独在爱情上放弃了进攻。其实不单程灵素如此，千千万万兰心蕙质却相貌平平的姑娘都容易犯这个错误。她们把自己修炼得七窍玲珑、百毒不侵，却不敢去追求自己欣赏的男人，因为她们本质上都太过自卑，害怕付出真心得不到回报，害怕一旦示好就会被人无情地拒绝。

她们心底就不大相信自己是值得被爱的。

所以她们才会奉行“你不要找，你要等”的理念，一是出于懒惰，等着天上掉馅饼；二是出于恐惧，害怕承担风险。

可越是相貌平平的姑娘，就越要学会争取自己的爱情。天上即使掉馅饼，砸中的也是最漂亮的姑娘，她们可以懒一点儿，这点一般人羡慕不来。

这个争取，并不一定是要你去倒追。倒追是门技术活，不是每个姑娘都能掌握的。但你至少可以给自己多创造一些结识异性的机会，这样才有可能遇到爱情。

可能有人会问，生活圈子这么窄，去哪认识啊？其实只要你想，方法有很多。你喜欢健身，就去参加一些俱乐部；你喜欢爬山，就加入登山协会；你爱好文艺，就多去参加豆瓣的同城活动；哪怕你喜欢打麻将，也能借打牌的机会认识一些牌友吧，再不济，还有各种相亲网站呢。

写到这里，估计有人会反驳说，你说的这都是些什么方法啊，这样的地方能认识靠谱的好男人吗？

不瞒你说，我有几个朋友都是通过某网站认识了另一半，人家现在好着呢！所以你真的不用给自己设限，防备心要有，但别太重，大不了受点儿伤又如何。到了我们这个年纪，受点儿伤没什么，别太伤钱财就行。

认识只是第一步，第二步你可以筛选对得上眼的人进入约会阶段。中国是没有约会文化的，搞得不少姑娘对和男人约会特别慎重。其实大可不必，约个会而已，又不是订终身。不多和几个男人约会，你怎么知道自己适合哪一个？要是你有心理负担的话，刚开始就 AA 吧，谈不成恋爱，做一个饭友也挺好。

如果你有幸遇到喜欢的男人，千万不要往后退，你要相信，你配得上他的好。阻挡你们在一起的最大障碍，不是他的优秀，而是你的自卑。

约会也好，谈恋爱也罢，这都是一个享受的过程，别太指望一次约会就能牵手成功，也别奢望一次恋爱就能白头到老。

太看重结果的人，往往连开始都害怕，这样下去只有错过。情场如职场，你要输得起，才能赢得到。

别再神道道地念着什么“你若盛开，清风徐来”了。你要盛开的话，也得开在一个迎风向阳的地方，若盛开的地方是一个幽闭的密室，那即使你开得再美也迎不来清风。

既然你骨子里想嫁人，那就拿出想嫁的勇气和决心。与其在家里幽怨地唱着“我想我会一直孤单”，不如豁出去高歌一曲“我要找到你，不管南北东西”。

话说回来，我并不一味地反对所有类型的“等”，但我反对消极等待。积极等待是苦心经营后的顺其自然；消极等待则是两手一摊的不作为。消极等待者永远都在等风来，而勇敢的人会不停攀登，主动去捕捉山顶的风。

多一点儿掌控，就多一点儿自由。从这个角度来说，主动寻找永远比被动等待更自由，爱情如此，人生也是如此。

六神磊磊在那篇文章的最后说，如果程灵素能勇敢地说：“胡斐，我就是世界上最好的女人，我们在一起，好不好？”那该有多好，至少，已无憾。那些从不敢主动寻求爱情的姑娘，当以此为鉴。

只要拿出一半在职场上拼杀的进取心放在爱情上，你们必将在情场上所向披靡。

15

你还在想找一个事少钱多离家近的工作吗

在我们家的亲友群里，有一位叔叔，他最近常转发一些微信热文，标题大多耸人听闻，“拿什么拯救你，我的孩子”“多少 90 后，已成啃老族”“当心，啃老年代已经来临”……一副牢骚满腹的样子。

我问了我妈才知道，原来叔叔家里有个女儿，大学毕业后换了好几份工作，每份工作都干不长，现在干脆在家待业，靠爸爸妈妈的退休金过活。叔叔倒不是养不起她，只是见女儿如此不上进，天天长吁短叹，差点儿愁白了头。

叔叔婶婶四处托人帮这个小表妹找工作，可能是有人替她操心，所以她本人倒是一点儿都不着急。前几天到我这来玩，她每天都抱着笔记本电脑追剧。托她的福，我紧跟潮流知道了今夏最热门的剧就是宫斗大戏《延禧攻略》。不得不让人感叹，时光真是催人老啊，我像她这么大的时候，清宫戏还是小燕子的天下，现在魏璎珞已经取代小燕子成了新的后宫偶像。

追剧的间隙我问她工作找得怎么样了，她漫不经心地摇摇头说没有特别满意的。我们又聊起她之前干的几份工作，她忽然有些害羞，假装捂着脸对我说："哎呀姐姐你别问了，我做的那些工作，你肯定是瞧不上眼的。"

我们再熟一点儿后，她才肯告诉我她之前的职业经历。在短短两年之内，她做过企宣，当过文秘，在酒店当过前台，最惊险的一次，差点儿入了传销组织的圈套。最近的一份工作是在一家中介公司卖二手房，赶上我们省城限购限贷，半年里她一套房子都没卖出去，中介公司是没有底薪的，没卖掉房子就没有提成，相当于整整半年没有收入。

"那你这半年靠什么生活？"我很吃惊。

"我又不花什么钱。"她告诉我，父母在省城有房子，她有免费的地方住还不用出生活费，偶尔叔叔看她可怜发个红包，足够她在淘宝上买衣服用了。日子过得如此滋润，难怪她一点儿都不着急！

"你有没有想过，为什么你换了这么多份工作，却一份都干不长久呢？"我问她。

"哎呀姐姐，我都跟你说了，这都是一些上不了台面的工作，换你你也不愿意干的。”用她的话来说，那些都是没人愿意干的“破工作”，“傻子才愿意一直干下去呢”！

“叔叔不是给你介绍了一个工作吗，听说是大型国企，福利待遇都不错。”想起叔叔那愁白了的头发，我忍不住劝起小表妹来。

小表妹很不屑地撇撇嘴：“你别听我爸瞎掰，那个什么国企让我先去工厂实习半年，姐姐啊，我可是一个大学生啊，虽然只是一个二本学校，但让我去做女工，说出去同学都会笑话我的。”

“那你愿意去 ×× 房企做销售不？这个你多少有些经验。”我退而求其次。

“算了吧姐姐。”小表妹继续撇嘴，“房地产说不定很快就要迎来寒冬了，再说做销售，又得整天站着，又得看人脸色，太累了，我一个女孩子，还是清闲点儿好。”

“要说清闲，你之前那份文秘的工作就挺清闲啊！”

“哎呀，什么文秘啊！其实就是一个打杂的，什么都要干，一个月挣的钱还不如你写一篇稿子呢！”

小表妹可能台剧看多了，我一听她那个嗲嗲的“哎呀”，就觉得头皮发麻。看在她爸以前经常给我零花钱的分上，我不得不耐心对她循循善诱：“那你好好想想，你到底想要什么样的工作？有了目标才好行动啊！”

“我嘛，就想像姐姐一样，做自己喜欢的工作，挣得又不少，关键是，还不用看老板的脸色！”她伸了个懒腰，舒舒服服地打了个哈欠，继续坦白，“我嘛，不像姐姐你那样好强，我只想躺着就把钱挣了。”

听了这话，我一瞬间气血上涌，顿时明白了她爸为什么近来突然像老了10岁，摊上这么个小祖宗，当父母的哪能不焦心！

小表妹别的本事没有，察言观色还是会的，见我脸色不对，就抱着我的胳膊撒起娇来：“哎呀姐姐你别生气，我们90后都这样的，不单是我一个人。”

我听了内心只有呵呵，一时劝不了她，只好跑去网上查资料。我一查吓了一跳，敢情表妹并不是在危言耸听，一搜“90后”“辞职”这样的关键词，就被《90后是史上最爱辞职的一代人》《工资并不低，为什么90后一言不合就辞职》之类的文章刷屏了。90后当然不会像表妹说的那样人人都待业、人人都啃老，但90后确实普遍比前辈们爱辞职。

为什么爱辞职呢？可能是因为没有找到自己理想的工作。那么回到问题的源头，到底什么才是理想的工作呢？

我总觉得，现在有些年轻人对理想的工作有着不切实际的期待，他们对自己究竟要干什么并不明确，但对自己究竟要得到什么却往往很明确。他们心目中所谓的理想工作，概括起来就是事少、钱多，最好还离家近，付出得很少，得到得却很多。就像表妹说的那样，要是能躺着就把钱挣了才好。如果说，我们80后想要的只是致富，他们想要的则是暴富；我们想的还是如何努力挣钱，他们琢磨的则是如何轻松挣钱。很多传销组织正是冲着年轻人这种心理，用一夜暴富的传说来吸引他们入局的。

一代人有一代人的思维方式，表妹这一代大多数有父母做依傍，确实比我们多了选择的机会。但有一点并未改变，那就是大多数毫无背景的年轻人在涉世之初，只能从很低的起点做起。如果像我表妹一样，在不同行业之间像个跳蚤一样跳来跳去，数年下来浪费的不仅是金钱，还有青春。

这个时候你唯一能做的，只能是选择一个相对有发展前景的行业，然后一个猛子扎进去，沉下心来从底层做起。不管是哪个行业，你在进入之初都是极其艰难的。新人们总是干最多的活，拿最少的钱，就算是熬过了前面的那几年，你也不可能过上事少钱多的悠闲日子。收获通常总是和付出成正比的，整天躺在家里的话，就算是天上掉馅饼也砸不着你。

其实很多一开始看上去并不怎么样的工作，未必就真的那么没前途。就拿房产销售来说吧，我有一个发小就是从卖二手房做起的，现在已经有了自己的公司，在省城坐拥六七套房产。人家也是从零底薪的小销售员做起的，起点够低了吧，可就是舍得钻营，又能吃苦，不过十来年的工夫就噌噌噌上了好几个台阶。

这些道理估计表妹都听腻了，我灵机一动，以《延禧攻略》为例，说这就是一出“宫女升职记”，让她说说女主魏璎珞为何能从一名小小的绣坊宫女升为执掌后宫的令贵妃。表妹兴致勃勃地总结了好几条：首先，她业务精湛，绣艺和宫斗技术一样突出；其次，她会选平台，长春宫明显比绣坊平台好；再次，她会讨大BOSS（老板）的欢心，到哪都能成为老板的心腹；最后，她属于进攻型人格，想要什么就不顾一切去争取，不会等着机会落到自己头上……

等她说完了，我特意看了她一眼，补充道："还有很关键的一点你没有注意到，魏璎珞这个人其实是步步为营的，而且沉得住气，静得下心，并没有幻想着一步登天，要是一开始她在长春宫的时候就向皇帝邀宠，你猜结果会怎样？"

"那不就得落得和尔晴一样被嫌弃的下场了？"表妹眼珠子一转说，"姐姐我明白你的意思了，你是让我向魏璎珞学习，让我一步一个脚印呢！"

这个表妹，虽然惫懒了点儿，倒是一点就通，懂得举一反三。当天晚上，她居然破天荒地没有追剧，而是在网上搜起了招聘信息。我冲她笑了笑，深感孺子可教。谁知她一得意就忘形，又跟我夸下了海口说："姐姐，你就等着吧，我很快就能找到我的长春宫了。"我赶紧给她泼了盆冷水："还长春宫呢，你先找到一家绣坊能收容你就不错了。"

表妹吐了吐舌头，继续投简历。希望她这次应聘成功后能坚持一段时间，不再嫌弃工作太累钱太少。想想看，她的偶像魏璎珞，在绣坊里是一流的绣女，被发配去刷马桶都要别出心裁地加上芳香制品，有这样的心气儿，起点低又如何，照样以火箭般的速度一路升迁。

16
好朋友疏远了，要不要挽回

（1）

我打开微信，有一个读者给我留言，说她曾经最好的朋友已经整整四个月没和她说过话了，她们以前好得经常睡一张床，彼此有心事了会第一时间和对方分享。后来她换了新的工作，朋友仍在原单位，生活渐渐没什么交集了，从一开始每天不在微信上聊个几分钟就受不了，到现在看到对方的状态连赞都不想点了。

“我看了你那篇《那些给你连赞都不点的人》，心里很难过，我那个好朋友，已经很久没给我点过赞了，我晒自拍、晒美食、晒旅行，她都视而不见。”她发来一串哭泣的表情，又说，“但我还是坚持给她点赞，毕竟我们曾经是那么好的朋友。”

看到这儿，我心里不禁叹了口气：傻姑娘，这种光凭点赞维持的友谊，又能够持续多久呢？更何况还是单方面的点赞！

微信就是这一点残酷，它会放大人和人之间的疏远距离，让你们的渐行渐远变得清晰可见。开始我们都兴致勃勃地在对方的微信朋友圈留言，后来渐渐变成了点赞之交，后来又变成了赞也不点之交，最后干脆设置了不让对方看朋友圈，以免让自己失望。

有多少“好朋友”，最后消失在你的微信上了？社交媒体的发明让你们之间的疏离变得无处遁形，你看着曾经的朋友和其他人谈笑风生，唯独绕过你的朋友圈从不点评，于是再也无法装作什么都没有发生。

有人说得好，微博是一群不认识的人互相关注，聊着聊着就成了好朋友；微信却是一群认识的人聚在一起，慢慢地发现对方其实是一个陌生人。

这是多么痛的领悟！

（2）

这是一个特别容易走散的年代，有多少朋友，走着走着就散了？

有两种走散，一种是空间上的走散。这种是最常见的，你去了一个新学校，到了一个新城市，换了一个新工作，就会不可避免地失去一些老朋友。

我以前在老家时，有一批刎颈之交，用我的一个长辈的话来说，你们这些小姐妹啊，都是喝了血酒的。那时候我们几乎天天腻在一起，一起吃饭，一起玩，晚上也要挤在一张床上，不知道怎么会有那么多话要说，怎么说也说不腻。

后来我到了中山，和这些姐妹不可避免地疏远了很多。毕竟，生活圈子已经完全不一样了，共同语言也没有以前那么多了。

另一种是心灵上的走散。

你们明明还在同一个城市，同一个地方，可对事情的看法不一样，爱好不一样，做出的选择也不一样，彼此间渐渐有了隔膜，慢慢那层隔膜变成了一条河流，横在你们中间，汤汤流动。

心灵上的走散比空间上的走散更让人难受。分隔两地的疏远是自然而然的，心灵上的疏远却是在一瞬间切断的。前者是距离上的原因，后者却是即使我站在你的面前，也不知道该跟你说些什么才导致的。

我曾经有一个特别要好的朋友，好到可以向彼此说最深的秘密，好到觉得人生有了这样的知己已经足够。就是因为她对我太好了，以至于我有些放肆，等我察觉到裂痕时，那段关系已经不可挽回。

（3）

年少时崇尚朋友一生一起走，可那么多说好了要一辈子做朋友的人，最后还是落得形同陌路，就像歌里唱的那样，“为何旧知己在最后变不到老友”。

最难受的是至交之后的冷漠，听陈奕迅唱“来年陌生的，是昨日最亲的某某”，总会让人想哭。

这种心痛，我有过，想必你也不陌生。老实说，对我这个年纪的人来说，每失去一个真正意义上的好朋友，就像剜肉削骨一样痛。你知道生命中的一部分永远失去了，可只能眼睁睁地看着他离开，连泪也不曾流。

难怪古人上了年纪后都会感叹：“故人好比园中树，一日秋风一日疏。”

好朋友变得生疏时，到底该不该挽回？这是文章开头那个读者问我的问题，也是我一直在纠结的问题。

思考了这么久，我终于可以告诉她答案：还是不要了吧！

所谓朋友，就是我们所说的同路人。可能很多人结伴走着走着，就会发现身边的人并不是同类。很多时候，你失去了一个朋友，是因为你们本来就不是一路人，只是误以为是一路人，你们的三观、选择完全不一样。本来是相伴同行的，后来走上了截然不同的道路，分道扬镳是在所难免的。

友谊这种事，和爱情一样是需要对等的，任何单方面的付出都难以长久。一段友谊破裂后，如果你是想挽回那个人，就说明你恰好是被抛弃的那个人。对方疏远你的时候，就是她决定离开你的时候，这时如果你还一味地苦苦挽留，只会让对方心生反感。

你永远都无法挽回一个已经不喜欢你、不认同你的人，爱情如是，友谊亦如是。珍惜得是双方面的，认同也得是双方面的。所有苟延残喘的友谊，最后都难以维系。

所以还是亲疏随缘，来去由人吧！

如果你们彼此还有情意，那么等到再相遇时，会自然而然地又走在一起，就像我和我老家的小姐妹们一样，在经过若干年的分离后，再聚首仍然倍感亲切，又重拾了往日的友情。

（4）

也许你会说："可我还是舍不得啊！"

那就试着去挽回一次吧，一次就好。过分纠缠，换来的往往是自取其辱。

坦白告诉你吧，高冷如我，也干过这种试图挽回的事，结果就像我预料的一样，只不过是自取其辱罢了。

我希望你能比我幸运。

关于感情，有句话说得很好，"很高兴你能来，不遗憾你离开"。

我没有这么洒脱，可尽管心中遗憾得要死，我也不愿意再去挽回。

很多人不肯斩断这种貌合神离的友谊，就是为了营造“我们仍然是好朋友”的假象，不想落得没朋友的局面。还是余华最洒脱，他说：“我不再装模作样地拥有很多友人，而是回到了孤单之中，以真正的我开始了独自的生活。有时我也会因为寂寞而难以忍受空虚的折磨，但我宁愿以这样的方式来维护自己的自尊，也不愿以耻辱为代价去换取那种表面的朋友。”

如果好朋友执意要离开你，那就目送他离开吧。对于这段友谊，你唯一能做的，就是不做无谓的解释，不做无用的挽留。

君子绝交，不出恶言。相对无言，不如相忘于江湖。

感谢你曾经陪我走过一程，不打扰是我给你最后的温柔。

17

一起疯过爱过胡闹过，这才是青春啊

昨天我在朋友圈里转发了押沙龙写的一篇文章，题目叫《终不似，少年游》，出自刘过词中的名句："欲买桂花同载酒，终不似，少年游。"

顾名思义，这是一篇怀念青春岁月的文章。押沙龙一贯理性，但在这篇文章中却呈现了难得的感性的一面，他充满留恋地回忆起以前："几个年轻人坐在马路边上，看着街上的车水马龙，看着霓虹灯，天南海北地聊天，似乎能一直说到天亮。"同时他又不无伤感地表示，"人不可能永远年轻。人不可能永远坐在马路边上，聊个没完。所以，

《生活大爆炸》这样的电视剧最终就是要停机，就像我们最终都会年华老去，就像我们和年轻时代的朋友，最终会渐行渐远。”

当时正是下午，我看着这些话的时候忽然有种流泪的冲动，转发之后，朋友们纷纷评论，表示被戳中了。

一个朋友留言说：“我经常回想起当年本科时和一群好友厮混的日子。我们一起见过许多次通宵的大学城，爬过许多个小山坡，吃遍城里各个高校，唱遍附近的KTV……不受父母管，又没有负担，快活得不像话。现在想来，美好得恍如隔世，是我许多个时刻的精神鸦片。我的青春还是没白过，值了。”

小表妹也留言说：“曾经一起轧马路吃炸串通宵打牌侃大山的日子多美好，我们终究会老去，但不希望和年轻的朋友渐行渐远。‘故人今在否？旧江山浑是新愁。欲买桂花同载酒，终不似，少年游。’”

这篇文章就像一架时光机，搭载着我们瞬间穿越到曾经的年少时光。江湖传言我是一个习惯于独来独往的人，其实那只是一种假象，就像村上春树的小说所言：哪里是喜欢孤独，只是不想勉强交朋友而已。真正熟悉我的人都知道，其实我最向往的就是能够和我的朋友们住在同一个城市，过一种呼朋引伴的集体生活。

回顾半生，幸运的是，我真的曾经拥有过这种最向往的集体生活，虽然只是昙花一现地存在过。

在我小的时候，电视剧《少林寺》热播的那阵，我和小伙伴们相约集体离家出走，结果走出十几里的时候，腿肚子开始抽筋，肚子也饿了，我们又只好怀着一腔孤愤回了家。月光好的夜晚，几个胆子大的从家里偷来米酒，我们一边在月光下打牌闲扯，一边故作潇洒地喝着酒，天知道那酒有多烈多难喝，但是谁敢不喝呢？

下雨天，我们特意神经兮兮地爬上后山，找一棵亭亭如盖的茶子树，弄些茅草树叶放在树冠上，就成了一柄天然的大伞。在小朋友的眼中，这可不是一把普通的伞，而是我们安身立命的门派。其中最神经的一个将其命名为“飘香楼”，并拿小刀在树干上刻下了这三个字。于是几个小神经极其严肃地撮土为香，结拜兄妹，发誓从此后有难同当有福同享。为了使结拜更具仪式感，我们在下山后还找来真正的香，忍痛在各自的手腕处烫了一个印记。现在想来，那得有多大的勇气啊！如今我的左手腕处还有一个疑似半月形的疤痕，提醒着我当时的名号中是有一个“月”字的。不瞒你们说，最神经的那个小朋友正是在下。

还有，我刚毕业在家乡小镇教书时，还不到20岁，那时候的我简直算得上年轻无畏，爱热闹、爱出风头，十二万分地相信孤独的人是可耻的，一到周末就忍不住呼朋唤友，正是因为这样贪玩，才结识了小龙、娟子这帮人。

小镇实在没有什么娱乐生活，一大帮人聚拢在一起无非打牌唱K，但是年轻的朋友一碰面，即使是啥也不干纯粹坐在一起瞎扯淡，也觉得言笑无厌乐不可支。这是一个奇异而和谐的圈子，小龙爱唱歌，明明最老实，小王常常以妇女之友自居，娟子热情开朗，郭艳总是很沉静，而我呢，一张嘴从来都没闲过，每次都是叽叽呱呱地说个不停，尤其爱笑，每次一笑，小龙就开始给我计时，最夸张的一次整整笑了三分钟。

我记得那一年我们迷上了跳交谊舞，舞厅的霓虹灯才亮，我们就三五成群地往里面赶。一次跳到舞厅关门才回学校，大家只觉得不尽兴，于是又在学校前的小操场双双跳了起来。

我清楚地记得，那一夜的月光很好。在如水的月光下，有人轻轻哼起快三舞曲，大家谁也没有说话，只是静静地、静静地在月下起舞。我已经记不清，那一群人中分别有谁和谁，我甚至想不起那夜谁是我的舞伴。他们就像曾经盛开在我生命中的那些花儿，如今已不知散落何方。

我记得我们一起通宵打过牌唱过 K，一起登过佘湖山，一起摘过野乌莓，还一起上山采过蘑菇。明明家做的蒸蘑菇实在是太香了，老实说，我和娟子趁大家不注意的时候，在厨房里偷吃了很多。不管是谁过生日，另外一伙人就相约着去给他庆生。我记得我 20 岁生日的时候，他们就团团坐了一桌，小龙和明明合伙送了我一块挂件，上面画着一只展翅欲飞的大鹏。“这个挂在家里多神气啊！”小龙说。这个挂件至今还挂在我老家的卧室里，黑底描金的大鹏，的确很神气。

小伙伴中，我和小龙最亲近，他有很多趣事。比方说他爱唱歌，有一次去他宿舍玩，经过一个通风的过道时他忍不住咿咿呀呀地唱了起来，我们夸他唱得真是中气十足啊！他得意地说："那当然，你们知道吗，这个风口是最佳的练声场所，我就是在这儿唱得多了才有中气！"我们笑得直打跌。后来每当我路过这种过道时，都会想起他对着风口唱歌的样子。

不知从什么时候开始，这个小圈子就慢慢地散了。大家都有各自要忙的事，有的忙着打拼事业，有的忙着泡妞恋爱，娟子和郭艳相继结了婚，新郎都不是我们圈子里的人。反倒是我，还和他们保持了一段不咸不淡的联系。生日的时候虽然不再串门，彼此还会记得发个短信。再后来呢，我的手机中不再有他们任何一个人的电话，我们就这样，各自奔向了不同的天涯。

回想起来，那时候，世界和我们都很年轻，我们只需要敞开心扉，凭着直觉去结交天下值得交的好朋友。这个值得交的标准无非四个字——气味相投。我们在茫茫人海中一见如故，我们大块吃肉大碗喝酒，我们拊掌大唱《沧海一声笑》，我们在月光下跳舞，我们在一起即使什么都不做，那也是最美妙的时光，因为我们心心相印。

我想不单是我，大多数中国人也向往这种美好的集体生活吧，所以古龙的《欢乐英雄》才这么有市场，所以兰亭集会、曲水流觞之类的聚会才演变成国人心中最美妙的一幕，所以竹林七贤、商山四皓才如此令人景慕。在中国的隐居文化里，最理想的隐居方式并不是离群索居，而是和三五好友，相与遁世。即使高洁如陶渊明，归农之后都惦念着要移居到另一个村子，“闻多素心人，乐与数晨夕”，因为那里有志同道合的好朋友啊！没有朋友的生活将会怎样？简直不值得一过！

可惜的是，就像押沙龙所写的那样，没有人会永远年轻，也没有人会永远坐在马路边上聊个没完。我终于明白，如果把人生比作一段旅途，那么朋友就是你在途中遇到的旅伴，曾经亲密无间，走着走着，就突然走散了。

我们的身边，会不断有新的旅伴。时间每过去一天，旧日朋友的影子就淡去一分。或许有一天，我们终将相忘于江湖。但是他们会留下他们的印迹，在很多地方。我们是彼此青春的见证者和参与者，我们的脑海里都有一座纯真博物馆，收藏着对方最单纯最热血的样子。当昔日朋友再相会时，不管如今的我们有多平凡多潦倒，只要出现在彼此面前，我们就会短暂地穿越回去，再次拥有属于少年的纯真。

值得庆幸的是，在我年少轻狂的时候，我曾经遇上过这么一群人，一起疯过爱过胡闹过，为彼此苍白的青春增添了一抹色彩。少年时我很喜欢古龙，作为一个寂寞的现代人，我是多么向往他笔下欢乐英雄们的群居生活。很喜欢冯唐写给古龙的两句短诗：“一个有雨有肉的夜晚，和你没头没尾分一瓶酒。”我想把这首诗，献给我所有的昔日故友，青春路上，谢谢你们曾与我同行。

18

重逢是比相遇更美好的事

在朋友的强烈推荐下，我终于看了那部闻名已久的《阳光姐妹淘》，结果那个晚上我在深夜里哭得像个孩子。电影讲的是患上绝症的春花，托好友娜美重新寻回当年 sunny 团队的七个姐妹淘的故事。命运各不相同的朋友们，二十五年后终于重聚，而那些关于青春的回忆，也逐渐在找寻的过程中被唤醒。

所谓的“sunny”，其实就是一个“不良少女团队”，一起笑、一起闹、一起打架、一起叛逆，年轻的时候，一个个狂跩酷炫，少年心事当拿云，幻想着能够出人头地，结果长大成人后大多坠入凡尘，过着庸常的生活。我看到 sunny 团队二十五年后再跳起当年一起跳过的舞时，眼泪潸然而下，一下子触动了尘封在内心最深处的回忆。

谁的年少不轻狂呢？我的中学时代，正是香港电影《古惑仔》最流行的时候，受此影响，我和几个玩得好的同学也结成了类似的小团体，还一个个按年龄排行，结拜成七兄妹，我还记得我们是四男三女。我们也是那种让老师深感头疼的不良团队，整天厮混在一起，说着别人不理解的切口，叫着彼此取的外号，在校园里招摇过市，动不动就和老师顶嘴，还集体逃课去录像厅看电影。

我那时的性格有点儿像《阳光姐妹淘》里的春花，是个假小子，跩得鼻孔朝天，最热爱的事就是和老师对着干。可能是因为叛逆却又成绩好，所以我成了小团体的核心人物，朋友们团结在我的周围，随时等着听从号令来大干一票。

可学生时代有什么值得大干一票的呢，我们做过最多的事无非就是逃了课在马路上晃晃悠悠，双手插在裤兜里，一路走个不停，嘴巴里也说个不停，仿佛可以一直走到天涯的尽头，也可以聊到天荒地老。回想起来，不知道那时候的我们怎么会有那么多话可以说。

其实人在青春期都是有些孤单的，特别是像我们这种桀骜不驯的非主流少年，倍感寂寞，所以更加需要友谊，也更加渴望同类的支持。只有在那个年纪，我们才会把朋友看得如此重要，才会愿意为了朋友两肋插刀。

我记得有一次我因为上课埋头看小说，被老师勒令滚出去，从此不准再进来，这时后排齐刷刷地站起来几个人，头也不回地随我走了出去，都是我的兄弟姐妹。七个人在校园里游荡了几天，自以为义薄云天，却不知老师们都大为光火。

我们学校旁边有一条集吃喝玩乐于一体的街，叫“堕落街”，我们在“乐乐精品店”中淘全城最便宜的饰品，在晚风 KTV 的大厅中花上十元钱秀秀各自的歌喉，去红苹果餐厅吃最闻名的肥肠火锅，晃荡得累了，就花两元钱到寰球影院去看一场最新的大片。我们穷得叮当响，可是我们无比快乐，因为我们彼此肝胆相照。

有一次，我们几个人无事可做，便手拉着手从堕落街这头走向那头。我们曾一起用脚步丈量过，将整条堕落街走完正好 981 步，当然，我们用的是“平均步长”。

那个晚上，我们一直不断地行走，周围的人来来去去，笑语喧哗，可在我们眼里，只有这群好朋友。我们从这头走过去，“一二一、齐步走”的 981 步；我们再从那头走过来，仍然是整整齐齐的 981 步。不知走了多少遍，当周围的人都慢慢散尽时，我们才发现，平时熙熙攘攘的街道，居然变成了我们七个人的堕落街。

“好傻啊！”当时，同学们无不把我们“步量”堕落街当成一件糗事。

直到多年以后，我才发现，那件看来最傻的事，已成了我年少时最美好的回忆，再无机会重演。

那时候我以为，我们会永远都这么相亲相爱。周华健的《朋友》是我们最爱唱的歌，我们相约要做一辈子的好朋友。可是我后来才知道，一辈子太长了，年少时的朋友，很快就各散天涯，就像歌里唱的那样，“朋友一生一起走，那些日子不再有”，我们逐渐各自散落在人海，彼此再不联系。

正因为有过这样的经历，所以我在读刘墨闻的新书《请你记住我》时特别有共鸣。说起来，我和刘墨闻也算是当年一起在豆瓣写过文章的人，也听说过他是豆瓣上最会讲故事的90后。这部小说是他的首部长篇，主题正是关于青春，关于成长，关于那些回不去的年少时光。

青春总是相似的，不管是80后还是90后，大多数人的青春是如此类似，一样残酷，一样热血。刘墨闻在这本书里讲述的，正是这样残酷的青春，一个是无法辨识别人面孔的患病女孩，一个是有暴力倾向的问题少年，他们彼此相遇又错过。环绕在他们身边的，还有一个天生有易装癖的俊美男孩，一个叛逆孤傲的单薄少年，一个以保护者自居的胖男孩，他们五个人组成了一个小团队，同样是非主流的边缘团队。每个人都很另类，每个人都有难以弥补的缺憾，但五个人凑在一起，就是一个完整的圆，彼此取暖，彼此信任，谁都不可或缺。

女主角许桥患有一种名叫失认症的病，总是记不住陌生人的样子，男主角刘让秋想尽各种办法教她如何记住自己，这也是书名《请你记住我》的由来。他们都把对方当作自己的依靠，一起大合唱，帮助残疾的同学抵抗学校，一起攒钱去看演唱会。后来刘让秋为保护许桥和老师发生冲突，进了少管所。许桥考上了北京的音乐学院，两个人因此而失散，直到北漂的刘让秋在电视上看到许桥，他决定要再次回到她的身边。

老实说，看书的过程中，我有时也会觉得刘让秋他们年轻时挺判逆的，做的事也挺傻的，可正如书中所说的那样，“为一件事，付出所有，挥洒精力、钱、时间，别问这件事值不值，犯不犯得上，这就是年轻”。是啊，纵使日后各自成功，又怎么比得上当初一起犯傻的日子呢？每个人都有一段青春过往，一段不堪回首的岁月。触动我的是，在这本书里，你总会找到能让你对号入座的一段记忆，总会发现触及你内心深处的那个操场，那首歌，那所学校，那座城市。

故事的最后，作者安排刘让秋和许桥重聚了，特别喜欢结尾的一段话，他写道：“人总会被生活打败，但有重逢、相聚、爱和陪伴，这些短暂的胜利，赋予我们活下去的勇气和力量。”

到我们这个年纪才会发现，人生就是一个不断走散、不断失去的过程，正因如此，我们才期待重逢、期待相聚。既然青春注定留不住，也请一定记住对方，这样就算到了老去的那一天，还有回忆可以温暖我们。

想起陈与义的一首词：“忆昔午桥桥上饮，坐中多是豪英。长沟流月去无声。杏花疏影里吹笛到天明。二十余年如一梦，此身虽在堪惊。闲登小阁看新晴。古今多少事，渔唱起三更。”长沟流月去无声，尽管岁月的长河奔流不息，那些曾和你在杏花疏影里，吹笛到天明的伙伴，又怎会轻易遗忘？

看完这本书后，我忍不住找人打听到了昔日小伙伴们的微信，还建了一个群，把他们都拉了进来。那一天，我们聊了很久很久，昔日的情感也一点点被唤醒。这些年来，我们曾经疏远过，也曾被岁月改变了模样，但好在我们都还记得对方，纵然好久不见，也并未变得陌生。聊着聊着，好像过往的岁月又回来了，至少在彼此面前，我们又回到了年轻时的样子。

你年少时的那些朋友呢，是否已经消失在人海？好久不见，他们都还好吧？不要犹豫，试着去联系一下他们吧！我一直觉得，和相遇相比，重逢才是更美好的词语。曾经弄丢了的人，我们要亲自找回来，然后互相约定，就算老了，也一定不要忘了彼此。

19

陌生人，谢谢你用善意温暖我

初到丽江时，古城门口的大水车给了我惊艳的感觉。不知道是不是因为我过分怀旧，凡是和农耕时代有联系的一切器具，均能给我以无穷的美感享受，包括这个徒具观赏价值的大水车。

可背着包匆匆走了一圈，我很快就对这里腻烦了。每条大街小巷，每个胡同角落，到处都是人，人流滚滚，滚滚人流，那人口密度，比我在北京王府井见到的还要密集。站在街上，你即使想停下来看看风景，也会被人流簇拥着往前走，让人最直观地感受到什么叫身不由己。咱们出来旅游不就是为了享受一下自由的空气，可是连走路速度都由不得自己，那不是花钱找罪受吗？

还有就是满街林立的商铺，卖玉石的、卖银器的、卖披肩的，整个就是一个改良版的凤凰城，身穿民族服装的姑娘，脸上挂着商业化的笑容，兴冲冲地吆喝着："胖金妹，快来买牦牛肉啊，正宗的牦牛肉！"你要是过去光问路不买东西，她就会回你一个老大的白眼。

每条街道都充斥着浓浓的商业气息，这哪里还是什么休闲胜地，根本就是一个精致包装过的工业品市场，特别是到了晚上，酒吧街那叫一个红旗招展锣鼓喧天啊，光是一米阳光就开了五六个分店，合着全中国的人都跑来丽江彻夜狂欢了。如果说这就是丽江的风情所在，那我实在是看不出它和北京的后海有啥区别。

随着时间的推移，我居然慢慢地喜欢上了丽江。这其中，有部分原因是这座城市还是有其独特的魅力的，但最大的原因，却是一位素昧平生的纳西族老婆婆。

和阿婆的结识，让我充分认识到了缘分的奇妙。

刚下车时，我们忙着找客栈，在经过一条僻静的巷子时，突然有人叫住我问道："你住不住店？"我抬头一看，原来是一位纳西族的老婆婆，帽子下的头发已经银白了，脸上的表情挺严肃。

由于阿婆的客栈没有院子，我不是太满意，就委婉地表达了自己的意思。

阿婆一听，二话没说就带我们下楼，说替我们去找有特色的客栈。

我们到了隔壁的纳西人家客栈，那是一个传统的纳西四合院，院里还有一架秋千，我觉得挺好的。老板娘还剩两个房间，小的开价一百，阿婆沉着脸反驳她：“这么小的房子还收一百，八十就行了。”

胖胖的老板娘应了声好，声音有点儿怯。我看着这个满头银发的老婆婆，忽然觉得瘦小的她其实还挺气派的。

第二天还在梦中，我就听到了敲门声，阿婆站在窗外叫我们：“快起来，去我那吃早餐。”

我梳洗完到了隔壁，好家伙，一大桌子人正围坐在一起吃早餐，我们名不正言不顺的，不敢行动。阿婆拿出两条小板凳，招呼着我们往桌前坐。早餐很丰盛，白粥油条，乌江榨菜，还有一盆鸡蛋，不限量，随便吃。

吃饭的时候大家也没闲着，就聊了起来。原来这些人都是来丽江旅游的游客，有住在阿婆那的，也有没住那的。有一群北京的游客刚跟团从香格里拉回来，你一言我一语地控诉着导游的凶悍，四五十岁的阿姨，在阿婆跟前居然像一个受了委屈的孩子似的，说话间隐隐带着向母亲撒娇的味道。

阿婆板着一张脸坐在旁边，像训小孩一样训阿姨们：“我叫你们别去，你们非得去。不听话，现在知道了吧？”语气还是硬邦邦的，可谁听了都知道这老人其实是一个古道热肠的人。

普普通通的一顿早餐，就着阿姨们的说笑和阿婆的训斥，我居然吃出了家的味道。

当天，阿婆让纳西家的大叔领我们去拉市海骑马划船，上午玩得挺尽兴的，下午大叔把我们送到了束河，解释说不知道我们玩多久，所以不过来接我们了。路上我们和大叔闲聊，才知道这个阿婆姓杨，七十多岁了，一辈子都没结婚，脾气怪怪的，可人特别好。大叔告诉我们，有次他父亲病了，阿婆坚持要陪他们去昆明看病，来回的路费都不让他给，都是阿婆掏的。

阿婆是电信局的退休工人，领着两千多块的退休工资，客栈一年下来至少有十来万的收入，她孤身一人无处花钱，开客栈也只是为了有个念想，并不纯粹是为了赚钱。所以为人处世颇有点儿仗义疏财的意思，很多人接受过她的帮助，光是给一个马队就捐了几吨水泥，在丽江人面很广。

我们在束河待了一下午才回丽江，刚进客栈，老板娘就迎上来说："不到六点阿婆就来叫你们吃饭了，我让她先吃了。"

晚上我们见了大叔，觉得他脸色不太好。后来我们才知道，那天阿婆见我们久久不回来，又没有我们的电话，心里着急，就埋怨大叔为什么不去束河接我们，说他做事"不地道"。为了两个陌生人而不惜开罪多年的邻居，看来这个阿婆的确有点儿怪，好得离谱，也怪得离谱。

我们还是想去香格里拉，阿婆只得帮我们报了一个团，给的是全城最低价。第二天，我们约定六点钟就出发，天还没亮，当我们来到阿婆的客栈时，她已经熬好了稀饭，并督促我们吃完，我真不知道她是什么时候起的床。

当时我就穿了一件短袖，阿婆板着脸训我："知道这边冷也不多带点儿衣服来。"说完，她转身就进屋找了件粗线毛衣，非叫我穿上不可。怕我们有高原反应，阿婆又忙找了一个氧气瓶给我们。

两天的香格里拉之旅，给了我们一行三人满腹的委屈。回到客栈中，见了阿婆，三个人忙不迭地诉起苦来，阿婆就像以前训那些阿姨一样，板着脸训我们："谁叫你们不听话了，叫你们别去非得去。"

晚上阿婆领着我们吃完饭就催大家回客栈，原来当时正好赶上纳西族的火把节，她特意留了三个火把等我们回去点。路过丽江广场时，我说想和她合张影，阿婆白了我一眼说："有什么好照的，你好烦啊！"我怏怏地低下头，她却笑了："等下回客栈点了火把再照，这个广场没啥好照的。"

火光融融下，我们一伙年轻人聚在一起，阿婆撺掇着几个小伙子不停地跳火把舞，跳了一次，她还不满足，又说："我没看见呢，再跳一次。"也许受到了年轻人活力的感染，那晚阿婆笑得很开心，也不像平常那样板着脸训人了。所有人都争着和她合影，火光掩映着阿婆灿烂的笑脸，看起来完全不像七十多岁的老人。

不幸的是，同行的平平从香格里拉回来就病了，上吐下泻，从阿婆那拿了点儿药吃还是没有好转，吃不了东西，只想找个粥铺喝粥。阿婆一听粥铺就瞪眼睛：“在外面吃一碗粥就要四元钱，贵死了。”说完她就去熬粥，平平忙说谢谢，阿婆还是训他：“你一个年轻人，怎么这么脆弱啊，赶紧好起来吧！”

给阿婆料理客栈的大姐说，一条街的人都觉得阿婆是个怪人，背地里没少议论她。大姐也弄不明白，阿婆不愁吃不愁穿的，整天为这些陌生人忙来忙去是为了什么。

其实我也不是很明白，阿婆到底是为了什么。她的客栈才六间客房，可高峰期居然有二三十个人来吃早餐，家里的水果零食任取，这些浮萍似的游客一旦离开丽江，又有多少人能记得她的恩情呢？所有人都有求于阿婆，大至住宿出行，小至购物逛街，在街上碰到两个女孩子，买条裙子都要拉着她去还价。但阿婆呢，她从我们这些陌生人的身上又能获取什么呢？

那天晚上，我看见阿婆带着一群高中生去逛街买特产，有一个小老板来找她办事，她指指身后笑语喧哗的女孩子们说：“我可不比你们那么有时间，每天都有这么一大帮人要我管，哪有时间弄这些事啊！”她的言语间透露着一种充实的满足感。

那一瞬间我突然明白了什么。陌生人和陌生人之间能够交换的，无非彼此的善意和温情，而日复一日的忙碌，也让孤独的阿婆享受到了难得的亲情。阿婆拿我们这些过路客当女儿、当孙女，多多少少总会有一些游客也会当她是妈妈、是奶奶。我看见她的桌子上摆着一本影集，全是她和别人的合影。听人说，阿婆的信件也是最多的，总是有人从全国各地给她写信、寄东西。有一次她收到一个包裹，寄来的是丝被，阿婆心疼地说："非得用一个盒子装了寄，这得多花多少钱啊！"但是我想她心里肯定觉得挺温暖的。

看来不单我们需要阿婆，阿婆又何尝不需要我们呢？就像一部外国电影里所说的，我总是依靠陌生人的善意才能够活下去。

四天的时间很短，我们就要离开丽江了。结账时，阿婆坚持说那顿米线是她请我吃的，不收钱。要知道这可不是六元钱一碗的米线，要价二十五元啊！而平常的那些矿泉水、药物、酸奶之类的，她更是坚持不收钱，谁也犟不过她的固执。

帮我们订好车票后，阿婆非要送我们去坐车，虽然打的只要七元钱，但是她的原则是不该浪费的钱绝不多花。见我走得慢，阿婆一把抢过我的行李背在了身上。她以前是送电报的，即使上了年纪仍然健步如飞。跟在她的身后，我要小步跑才能追得上。

公交车开过来了，阿婆担心我们没有零钱，忙掏了两元钱给我们。来不及好好告别，我们就匆匆地上了车。汽车开得很快，一下就看不到阿婆那瘦小的身影了，我这才发觉，对这个陌生的老婆婆，我竟产生了和奶奶分开时才有的那种离愁。

回来后，我回想得最多的，就是这个阿婆。在一个陌生的地方，却能找到回家的感觉，把陌生的邂逅变成亲人的相依，阿婆啊，你虽然普通，却是我此次旅程中遇到的最大的奇迹。一座城市是否美好，在于那里是否有我们牵挂的人，有了阿婆，丽江于我，不再是一个商业名城，而是一个散发着浓浓亲情的家园。

顺便打一下广告，阿婆的客栈是不挂牌的，在河畔旅舍旁边，里面有块牌子写着“有间客栈”。这个别致的名字，必然也是哪个陌生游客给予阿婆的回报吧！丽江有淡季和旺季，阿婆的客栈却四季红火，靠的是口口相传的口碑，有想去丽江的朋友，可以问我要阿婆的联系方式，顺便捎去一个陌生游客对她的思念。

20

满地都是六便士，他却抬头看见了月亮

昨天早上和两个朋友去金钟水库散步，清晨空气清新，晨练的人也少，我们三个人肩并肩走在旷野之中，悠然地聊着天。

也许是大脑这会儿还没来得及被工作、挣钱这类无聊的事占据，我们居然聊起了梦想。我们仨，最大的明年40岁了，最小的也已近31岁了，平常挂在嘴边的，无非是孩子、房子、票子，只有在最亲近的朋友面前，才能小心翼翼地谈起心里残余的一点儿旧梦。

杨说，她在老家恩施的乡下买了两栋房子，坐落在山水之间，空气好，等过几年，就回去装修一下开一个茶馆，边招待客人边写点儿东西。“那房子真是一个写作的好地方啊，以后你们每年来住上一两个月，清静，没人打扰。”杨的梦想是，40岁以后，写出一本令自己满意的小说。

我开玩笑说：“等你开茶馆赚了钱，就包养我写作吧，给我搞个基金，保证我饿不死就行。”我做梦都想过上这样的生活，住在山上，和三五好友相对，每天伏案写作，写累了就靠在椅子上，听听风过松林的声音，光是想想都觉得很美好。

燕子比较务实，没有那么多不切实际的想法。她一直想换一个更有发展空间的工作，对年轻人一窝蜂都往体制内奔表示很难理解。“年纪轻轻的就奔个安稳，日子多无聊啊，怎么着我也是一个有梦想的人。”她说。

说到梦想，三个人都笑了，有点儿羞赧，也有点儿骄傲。毕竟，梦想这事就像内裤，你可以有，但不能碰到人就说你有。可笑的是，现在的人个个都拿自己当超人，爱玩内裤外穿，大街上随便逮住一个人，都念叨着他是一个有梦想的人。

在“中国梦”的概念刚提出来时，领导安排我去采访各行各业的追梦人。这对我个人而言是一次不怎么愉快的采访经历，因为没有想到，大多数人描述的梦想要么过于实际，要么流于轻飘。比如说，一个快要毕业的大四女生说，她的梦想是考上公务员，为了实现这个目标，她一年内辗转四地参加了六次考试，屡战屡败可还是准备鏖战到底。

绝大部分上班族的梦想则是，来一次说走就走的旅行，或者开一家适合发呆的咖啡馆。每当听到这样的描述，我的第一反应就是，你这是追求梦想吗？你这纯粹就是为了好玩吧？！特别是咖啡馆，为什么年轻人一股脑地都想跑到古镇上去开咖啡馆呢？为什么就不能开一间面馆、酒馆、饺子馆什么的？难道就是因为咖啡馆听起来高端洋气上档次吗？

梦想啊梦想，多少人假你之名，行逃避之实。

比这更恶劣的是，随着电视选秀节目的风行，梦想简直成了一个被用烂了的词语。用梦想冠名的节目一只手都数不过来，每个站在舞台上的人都说他是为了梦想而来。每当看到一个个选秀老油子热泪盈眶地说"我站在这里，是为了追求我的梦想"时，我都忍不住在心里喟然叹息，好好的姑娘小伙子，干吗非要在选秀这一棵树上吊死呢，你哪怕回家开个淘宝店都比这脚踏实地啊！不排除这些人中有真正热爱艺术的人，可是在多数人的额头上，我只看到了"急功近利"四个字。

那些口口声声地说自己心怀梦想的人，你们可曾想过，如果你所追求的梦想通往的并不是一条金光闪闪的大道，也不是一个舒适惬意的避风港，而是一个充满了荆棘和坎坷的地方，那么你还会一往无前地追梦吗？

我也常常这样问自己，答案时而确定时而犹疑。可是有一个人毫不犹豫地说了"YES"，他的名字叫查尔斯，是毛姆在《月亮和六便士》

中塑造的人物。40岁以前，他和大多数人一样，过着庸碌无奇的生活。他在银行任职，拿着不高不低的薪水，养活着一家子人；40岁以后，他抛家弃子一个人跑到巴黎，住在破落的小旅馆里，身上只有100元，目的只是为了追求他的梦想——他要画画！

如果这样的故事发生在中国选秀的舞台上或者畅销书作者的励志小说里，查尔斯可能在经历了穷困潦倒的日子后，终于一炮而红，然后要名有名要利有利，上演了励志版的真人梦想秀。可是毛姆对待他笔下的人物就像命运一样残酷，查尔斯没有红起来，而是流落到南太平洋的一个小岛上，和一个土著女子同居，在染上麻风病后双目失明，死前让土著女子将他的画作付之一炬。

这就是查尔斯为梦想付出的代价。也许在大多数人的眼中，这样的代价未免太大了，可是我觉得查尔斯不会后悔，在塔希提岛的丛林深处他获得了内心的宁静，他终于成为他想做的那种人，而不是一般人不得不做的那种人。

我到现在还记得初读《月亮和六便士》后带给我的震撼，读了查尔斯的故事，梦想顿时从一个轻飘飘的词语变成了一个令人敬畏的存在。我这才知道，原来追求梦想从来不是一件容易的事儿，对于真正被梦想击中的人来讲，梦想就是孔子所说的“造次必于是、颠沛必于是”的那个“是”，就是你即使碰得头破血流也舍不得丢弃的东西。所以，下次当你描述自己的梦想时，是否可以先花三秒钟的时间考虑一下，你是不是像查尔斯说的那样，“我必须画画，就像溺水的人必须挣扎”。

这么说好像太悲壮了，或者也可以说，梦想就是即使他人嗤之以鼻，你却自得其乐的东西。很多人觉得写东西很苦，可是王小波这样描述他的文学之路，“这条路是这样的，它在两条竹篱笆之中，篱笆上开满了紫色的牵牛花，在每个花蕊上，都落着一只蓝蜻蜓”。瞧瞧，多美啊，我相信双目失明后的查尔斯头脑中也出现了一个同样美丽的幻境，所以他才会在小土屋中画出令人目眩神迷的伊甸园图景。当人们都在忙于俯腰捡起唾手可得的六便士时，他却在抬头眺望明月。即使失明之后，那轮明月也始终照耀在他的心上。

查尔斯的原型是画家高更，这个故事似乎特别让毛姆着迷，所以他不断地在作品中塑造这一类人物。在他的一篇短篇小说中，他将这类“被梦想击中”的人形容为“吞食魔果的人”，可能是他对南太平洋情有独钟，所以总是让这类人自我流放到某个海洋中的小岛上，然后对着椰林斜阳度过余生。

一般人可能没有查尔斯这样敢于抛弃一切的勇气，还是只能够停留在固有的生活之中。但是真正有梦想的人，他们从来都不会因为遇到困难就轻易放弃，他们会脚踏实地、一步一步地朝着目标出发，哪怕梦想就像月亮一样遥不可及，哪怕道路的尽头只是虚无。他们没有办法选择，因为他们也或多或少地吞食了魔果。

21

让我靠近你，以哥们儿的名义

（1）

老莫出嫁了。

她差不多是我们班最后一个出嫁的女同学。

我在微信朋友圈里看见她上传的婚纱照，照片里的她留着波浪长发，化着精致的新娘妆，依偎在新郎怀里，笑容竟然有了几分妩媚。

同学们纷纷在照片下面留言，一堆留言中，我注意到大飞给她的留言是："嗨，哥们儿，好久不见，你越来越像个女人了。"

老莫在下面回应说："我本来就是个女人。"

她本来就是一个女人，只是大飞忽视了，我们大家都忽视了。

（2）

老莫是我读师范时的同学。她原本有一个很有女人味的名字，可是男生女生都叫她老莫。其实现在想起来，她那时只是一个十五六岁的女孩子，可大家觉得她理所当然应该被叫作老莫，只有这个名字才和她相宜。

那时我们宿舍管理很严，是不允许男生进入女生宿舍的。开学第一天，宿管阿姨看见一个"小男孩"提着大包小包往宿舍里冲，于是毫不客气地上前拦住了她："这位同学，请你往那边走，这是女生宿舍。"

一头短发、精瘦精瘦的"小男孩"说："可我是女生啊！"

宿管阿姨还是不肯放行，因为她听到的声音都是粗粗的，没有半点儿女孩子应有的娇柔清脆。

"小男孩"有点儿委屈了："我真是女生啊！"

后面一起来报到的同学替她做证，她才终于进了女生宿舍的门。

这个"小男孩"就是老莫。

刚进学校时，她身高不到一米五，看上去完全就是小男孩的模样，而且是还没有发育的小男孩。上体育课的时候，女生们时不时请假，她弄不明白为什么我们每个月总有那么一两节体育课要请假，因为她完全没有请假的需要。

她的性格也像小男孩一样，大大咧咧、爽朗利落，说起话来像铜豌豆一样掷地有声，为人特别热心，乐意帮女生打开水，帮男生带早餐。

老莫在班上人缘很好，男生缘尤其好。她完全没有性别意识，男生们拿她当哥们儿，她也不拿自己当女生。

师范是那种男女生比例特别不平衡的学校，一个班上四五十个女生，才十来个男生。男生们因此都傲娇得不行，偶尔有一个出挑的更是众星捧月，享受的是全班女生的宠爱。

当时班上有一个叫大飞的男生，属于那种阳光男孩，长相阳光，性格也很阳光，歌唱得好、球打得好，偶尔还能在校报上发表一两篇文章。女生们大多对他有好感，跟他说句话都会脸红心跳。

老莫完全没有这种顾忌。她和大飞也是很好的哥们儿，纯哥们儿，铁哥们儿。两个人都是文体积极分子，常常在排球场上厮杀得难分难解，老莫个头小，力气可不小，各项运动都很棒，尤其是排球。

学校开运动会的时候，老莫一口气报了四五个参赛项目，长跑、短跑、跳高、跳远都有。她跑八百米的时候，班上男生集体去助阵，大飞最卖力，一边陪她跑一边为她加油。跑到最后一圈时，原本排在第四的老莫小宇宙突然爆发，一口气冲到了第一。到了终点，全班男生把她抬起来扔到半空中，又接住，女生们在旁边尖叫鼓掌。

要是换了其他女生享受这种待遇，大家难免会羡慕嫉妒恨，可是没有人会妒忌老莫。

（3）

女生们似乎都爱搞小团体，当时班上风头最盛的女生团体是 306 宿舍的四朵金花。

其实说成三朵金花和一片绿叶更合适，老莫就是那片绿叶。长得像小男孩的她和其他三个漂亮开朗的女孩子不知怎么就成了死党。

这对班上的男生来说是一个重大的利好消息。因为他们等于在三朵金花中埋下了一个内线，有了老莫，他们可以打听到她的三个好朋友的嗜好、习惯和各类可以为外人道的隐私。他们还可以托她向三个好朋友递纸条、传口信，偶尔拌个嘴闹个冷战中间也有人调停。

老莫就在男生和三个好朋友间奔波调和，看上去很享受这项工作。作为大飞的铁哥们儿，她常常口无遮拦地问他，你看中了哪朵花啊，要不要我帮你去采？或者调侃他说，你怎么这么不开窍啊，大好时光就不趁机搞搞早恋之类的吗？

师范二年级（相当于高中二年级）时，大飞总算开窍了，托老莫向婷婷递情书。婷婷是三朵金花中最漂亮、最活泼的那个。

老莫把情书交给婷婷之前，偷偷打开了那封被折成心形的信。信上的字句滚烫得让她生平头一次脸红心跳。信中，大飞亲昵地称意中人为“婷”，老莫想，哪一天，会不会有人给她写情书，也亲昵地称她为“娟”呢，她的名字中有个“娟”字。

婷婷看了那封信后，当天又托老莫带了一封回信给大飞。

老莫按捺不住好奇心，再次偷看了。信写得很简单，只有一句话：“大飞同学，我们还太年轻，我更乐意做你的妹妹。”

老莫重新把信折好，轻轻地呼出一口气，然后交给了大飞。

那天晚上，她陪着情绪低落的大飞在教室里坐了一晚，听了一夜《很受伤》。那年正是任贤齐大火的时候。

（4）

老莫是在师范三年级时才开始发育的。

她的身高从不足一米五迅速蹿到了一米六多，她仍然留着利落的短发，长手长脚地站在那里，光看背影有点儿像玉树临风的少年。

每年的毕业会演学校都很重视，我们班准备的节目是舞蹈，曲目用的是任贤齐的《哭个痛快》。

本来定的是六个男生上台表演，大飞是领舞。排练的时候，在一旁观摩的老莫跟着做了几个动作，潇洒漂亮至极，引得男生们集体叫好，非让她参与表演不可。

他们不知道的是，老莫为了做好那几个动作，大周末也在宿舍里一遍遍地练。小小的随身听搁在窗台上，任贤齐在里头哀怨地唱：

“爱与不爱，是最痛苦的徘徊；

“表面不爱，但心里仍期待。

“Hello 我想你，想到你就无奈，就算是失败也不要再伤害……”

现在想来，小小年纪，懂得什么是无奈、什么是痛苦呢？当然，跳这个舞的时候，大家脸上还是要做出一副沉痛的样子来。

登台表演那天，老莫一身黑色的皮衣皮裤，短发做了个定型，长身玉立地站在一群男生中，每个动作都那样利落，每次转身都那样潇洒，明星一样光彩照人。我们班的同学站在台下，把巴掌都拍红了。

舞蹈没有拿到奖，拿奖的基本都是阳光健康、积极向上的节目。即使这样，大家依然很开心，还去花店订了花送给表演者。

男生们簇拥着老莫去拍照留念，大飞拿着我们买的那束玫瑰花，装作很深情的样子递给她。老莫伸手去接的那一瞬间，拿着傻瓜相机的同学恰好按动了快门。

照片冲洗出来的时候，我们发现，抱着玫瑰花的老莫笑得特别灿烂，脸还有点儿红。

（5）

毕业后，我们各奔东西。

大多数同学回了老家教书，老莫也是。大飞不甘心做孩子王，跑去长沙学电脑编程了。

他们还保持着不咸不淡的联系，多数是老莫给大飞写信，大飞懒得写，偶尔想起来了，会给她打个电话，追忆往事，展望将来，一说就是一两个小时。

老莫那些年渐渐有了些变化，她试着将头发留长，也试着穿高跟鞋，裙子买了几条，放在衣柜里，没敢穿。她跟我说，等头发留长了，就找个时间去长沙玩玩，大飞在电话里说了，只要她去长沙，他就陪她去火宫殿吃臭豆腐，去岳麓山摘枫叶，去湘江边放风筝。

老莫从小在农村长大，还从来没去过长沙呢！

就在她的头发快到披肩长度时，她接到了大飞的电话，电话里，他兴冲冲地告诉她，他要结婚了。

新娘也是我们同学，当年的三大金花之一，婷婷的闺密。

这些年来，大飞先后追求过老莫身边的两个好朋友，一个失败了，一个成功了，他的目光，从来没在老莫身上停留过。

知道这个消息后，老莫拉着我去K歌。我们两个人要了一间包房，老莫拿着话筒，一首首地唱莫文蔚的歌，她唱《盛夏的果实》等于原声再现。除了声音，她的外形也有几分莫文蔚的神韵，都是长手长脚，长相挺有特色，不过，她没莫文蔚漂亮。

唱完歌，老莫放下话筒，对我说："其实，有件事我想告诉你。"

我说："我知道。"

老莫啊老莫，我们大家都知道，你喜欢大飞，你陪着失意的他在教室里听歌，你为了他在宿舍里一遍遍练舞，我们都看在眼里，只是不忍心说穿。你那么小心翼翼地维护着你的秘密和尊严，我们也是。

（6）

大飞结婚那天，我们全班同学基本都去了，因为他俩几乎是我们班上情侣中硕果仅存的一对了。

去之前，老莫犹豫了很久，终于决定穿上那条在衣柜里放了很久的雪纺裙子。裙子很修身，她穿上后显得身材格外高挑。那天，她还淡淡地化了点儿妆，披肩发拉得直直的，垂在肩膀上。

这是她生平第一次留长发、穿裙子，不知道大飞他们见了，是会取笑她，还是会夸她漂亮呢？老莫既担心又憧憬。

她担心和憧憬的情景都没有出现。那天，她迟到了一会儿，正在迎宾的大飞见到她，大步流星地走过来，用力拍了拍她的肩膀说："嗨，哥们儿，你怎么才来啊，赶紧找个地方坐吧！"

从婚礼上回去后，老莫把高跟鞋和裙子都收了起来，换上了平常最爱穿的牛仔裤和运动鞋。在她后来的男朋友眼里，她穿牛仔裤和平底鞋同样很有女人味。

这么多年的暗恋无疾而终，我曾经问过她会不会后悔。

老莫摇摇头说怎么会，要不是大飞，她可能还一直是一个混沌未开的假小子。你暗恋一个人的时候，总是试图一点点地接近他，结果也许永远都无法靠拢，可是在这个过程中，你会发现，你的努力也让自己一天天变得更美好了。

所有曾经是假小子的女生，你们有没有试图靠近过一个人，以哥们儿的名义？

22

那些被侮辱与被损害的“樊胜美”

最近的新闻总给我一种生活的地方并非人间之感。

先是罗尔又出来接受采访，坦诚地对记者解释不能卖房的原因，理由是三套房中，一套要给和前妻生的儿子，一套要给现任妻子，另一套自己留着养老用。

这个人编出什么理由都不足以让我感到吃惊了，但让我惊讶的是他那种理直气壮的态度。他一直觉得，把重病在床的女儿排在这一切之后是理所当然的。他觉得这样说大众肯定会谅解。

在之前公众号的文章中，他口口声声说自己如何爱女儿，现在大家才明白，原来他所谓的爱是如此有限，原来女儿病得再重，他还是不会动留给儿子的房子。

这份赤裸裸的自私换来了近乎一边倒的指责，但居然还有人认同罗尔的价值观，评论说女儿嘛，本来就没有财产继承权，救女儿也要讲限度，总不能落个人财两空吧！

难怪五岳散人忍不住痛骂：地大物博，畜生众多。

罗尔的女儿还在与病魔做顽强的斗争，而另一个小女婴已经失去了活下去的机会。

她出生只有四天，就被血缘上的奶奶活活给掐死了，只因为她已经有一个姐姐了。我真的不愿意用“奶奶”这个词来指代这个女人，我觉得再可怕的恶魔也比她要仁慈几分。

新闻报道说她对这个小女婴的头部不断踩踏，见仍然不死，又掐住了那幼嫩的脖子。只因为生而为女子，所以就要遭受这般蹂躏吗？

这个恶魔被抓起来后，儿子、儿媳连同邻居一同为她求情，然后法官只判她坐十年牢。

What（什么）？

说好的王法呢？说好的杀人偿命呢？

显然，在很多人眼里，小女婴的命不是命，那个女人杀死她，就像掐死一只小猫小狗，无须负任何责任。想必那位恶魔奶奶还觉得冤枉呢，她掐死的是儿子的女儿，也就是所有物的所有物，凭什么她要坐牢？

看到这条新闻后，很多人都嚷着要让这个杀人恶魔去死。我倒觉得，那女婴的父母更该死，他们居然还能若无其事地去求情，怎么配为人父母！

喊了这么多年的男女平等，这两则新闻一报道出来，大家才发现，原来重男轻女的意识远比大家想象的严重！

上面两件事也许极端一些，但这只不过是千千万万中国式女儿们的困境的放大版。有一种女儿，她们家里有兄弟（或父母一心想要生个男孩），或多或少地受到了重男轻女的危害。我暂且在本书中把她们称为中国式女儿。

《欢乐颂》中的樊胜美就是中国式女儿的典型代表，她挣的工资有一半要给哥哥用，赚来的钱都用来填家里的窟窿了，好不容易买了一套房子，爸妈逼着她非得写哥哥的名字，理由是她迟早会嫁给别人，如果写她的名字那房子就成别人家的了。

我身边就有一个樊胜美式的朋友，她爸妈为了生儿子，一口气生了五个姑娘，后面终于生了一个男娃。在父母的眼中，女儿们存在的意义就是为了帮衬儿子。可笑的是，这对父母觉得自己一点儿都不重男轻女，因为他们从小就对儿子严厉，对女儿娇惯，女儿都接受了不错的教育，儿子读完高中就不读了（成绩太差读不下去了）。

只有在牵涉金钱时，他们才会暴露只为儿子着想的面目。女儿们外出打工的每分钱都拿了回来，留着给儿子买房子，女儿在结婚前都是一贫如洗的状态。

毫不夸张地说，金钱有时的确是检验一个人是否爱你的真正标准，连父母也不例外。多少父母口口声声说着爱女儿，其实他们为女儿花的每分钱都是算清楚了的，对儿子才是完完全全地不求回报。

用我朋友的话来说："给女儿花的钱是一种投资，他们以后都要想办法收回来；给儿子花多少钱，他们却从来不会计较。"

于是在一个儿女双全的家庭中，通常会出现各种资源向儿子严重倾斜的现象，好的教育、好的机会都被儿子占了。在以前，女儿辍学打工供儿子是一种很平常的事，女儿活该被牺牲。现在的情况是，女儿嘛，父母供你读书就不错了，至于财产什么的，你想都不用想，绝对是要留给儿子的。

但奇怪的是，到了晚年，父母需要赡养时，往往是女儿更尽心。搁以前，至少传统都默认儿子应该负起赡养父母的责任。生活在现代的中国式女儿最悲催的一点就是，她们享受的权利远远不如兄弟们多，但她们承担的义务却往往比兄弟们多。

在有些家庭中，重男轻女表现得不那么明显，我们家就是。

小时候，我一直以父母不重男轻女为荣。在我和弟弟之间，父母，尤其是我爸似乎还偏疼我一点儿。一直到近几年，我开始深入思考有关男女平等的问题，才发现并不是表面上看起来的那样。

判断一个家庭是否重男轻女其实很简单，就看父母是不是觉得儿女有别，对儿子和女儿是否区别对待。

现在我父母肯定也绝不承认他们是重男轻女的，但他们不知不觉就会区别对待我们姐弟。女儿结了婚，隐隐然就是一个外人了，女儿的家事，那是别人家的事，帮忙是情分，不帮是本分。

和房产传男不传女的罗尔一样，他们理直气壮地觉得，这是约定俗成的传统，千百年来都是这样的，所以他们这样做一点儿错都没有。

但约定俗成的就一定是对的吗？

我无意去改变父母的观念，因为无力改变。重男轻女就如同很多约定俗成的其他习惯一样，被当成传统传了下来，完全成了集体的无意识。上一辈人能做到像我父母这样的，已经很不错了。

不仅仅是父母，很多女儿本身也被洗脑了，觉得这就是天经地义的。一个没有被平等对待过的人，也许不会主动去追求平等。太多做女儿的已经习惯了被轻视和被损害，然后又把儿女有别的意识一代代地传下去。

知乎上有个问题：“哪个瞬间你忽然觉得父母没那么爱你？”我记得当时看到这个问题，眼泪唰的一下子掉了下来。那么多年里，我一直生活在父母最爱我的假象中，也是后来发生的一件件事，才让我发现，如果说父母爱我是九十九分的话，那么他们爱我弟弟就是一百分。那一瞬间我几乎是崩溃的，对一个孩子来说，没什么比父母不是百分百地爱他更令他伤心了。

认清这个事实后，我很难受，现在敲这些字时还在流泪。我那么努力，那么拼命，很大的一个原因就是想证明儿子能做到的，我也能做到，可后来我知道没用，因为我再怎么努力，也无法改变自己的性别。我曾经试图向他们索取过，但现在已经不再强求了，因为我知道，爱是无法强求的，哪怕是来自父母的爱。

这就是中国式女儿的集体处境，父母不是不爱我们，他们只是更爱我们的兄弟。当父母说“我从不重男轻女”时，他们也许并不是在骗女儿，他们只是连自己都骗过去了。

那些嘴里说着并不重男轻女的父母，我很想代天下的女儿们问你们几个问题：

你们在给儿子买房时，有考虑过给女儿买吗？

你们对待女儿的孩子，会像对待儿子的孩子那样无私吗？

当你们的女儿生病时，你们会付出一切给她治病吗？

爱这种东西，光说是没有用的。如果女儿不能享受到和儿子一样的教育权、继承权、财产权，那么你们爱女儿就没有像爱儿子一样多。不要拿风俗如此来当借口，承认自己没那么爱女儿，比一味地否认可能让女儿更好受一些。

最可怕的是，不出事还好，一到生死关头，很多女儿就成了被舍弃和被牺牲的一方。患白血病的女演员徐婷就是这样，病得那么重，父母还只想着要保住她给弟弟买的房子，舍不得花钱给她治病。

我还记得电影《唐山大地震》里，两个孩子同时被埋在废墟里，母亲挣扎再三，最终决定救弟弟。

母亲的这种行为没什么好指责的，但作为那个被放弃的姐姐，可以想象她的心中有多么绝望。所以我能够理解她对母亲的恨。

同为女儿，我看电影的时候会忍不住代入自己去想：如果碰到这种情况，我是不是也会被父母放弃呢？

电影里，女儿还是选择原谅了母亲，就像天底下所有没有得到平等对待的女儿最终都会谅解父母一样，因为她们舍不得舍弃那份爱，哪怕那是一份没有百分百的爱。

很多时候，她们不说破，不代表她们不清楚；她们不计较，不代表她们不介意。她们只是舍不得，放不下，割不掉。她们争取权利，并不是贪图财产（比如说我家，就完全无财产可贪），而是想获得同等的爱。说到底，她们只不过是想父母多爱她们一点儿。

我曾经很羡慕独生女，中国的计划生育政策有许多不足，唯一值得肯定的是，它的确间接地推进了男女平等，独生女受惠于这种政策，从出生就尝到了平等的甜头。现在可以生二胎了，我隐隐有点儿担心女孩们的命运，希望是我过虑了。

我说过，我已经不奢望能够改变父母的观念了。但我真诚地希望，我们这一代能够中断这该死的循环，能够切实地让女儿享受到和儿子同等的权利和爱。什么约定俗成？让它见鬼去吧！

写这篇文章，我用了很大的勇气，我不想让父母难过，但是考虑再三，我还是写出来了。我觉得他们应该了解我的真实想法。

这就是我，一个不想失去父母的爱的、懦弱的中国式女儿，鼓起勇气发表一点点微不足道的心声，希望能够被更多相同处境的人听到，让我们一起坚定地对重男轻女说“不”！

23

别为不喜欢你的人伤神，这对喜欢你的人不公平

一个姐姐发了一条微博说，“我只喜欢喜欢我的人”。我很想穿过缥缈的网络去和她握个手，因为她所说的正是我喜欢的人生态度，或者说，是我推崇的人生态度。某种程度上，虽不能至，但心向往之。

也许你会说，“我只喜欢喜欢我的人”，这还不简单吗，怎么可能做不到？别小看这九个字，多少自诩为通透豁达的情商高手，也未必能做到这一点。我只喜欢喜欢我的人，代表着一种取舍，一种选择，干脆利落，毫不纠结。我相信能这样做的人必然是快乐的，至少，她会少很多烦恼。

这句话有些绕，我们不妨用“在乎”来代替第一个“喜欢”，改成“我只在乎喜欢我的人”。这听起来好像没有丝毫难度，谁都知道，人和人之间的感情是相互的，我们理应更加在乎那些喜欢我们的人。但这话说起来容易做起来难，通常情况下，那些不喜欢我们的人反而常常赢取了我们更多的注意力。

我们容易犯的错误之一就是对批评的反应远甚于表扬。记得有一个我喜欢的作家说过一段话，大意是，他出了一本书，在豆瓣上看到一百条好评的欣喜，也抵消不了看到一条差评的沮丧。

不知道你们是不是这样，反正我是这样。我跟朋友开玩笑说，最近我已经达到了范仲淹所说的“不以物喜”的境界了，可还是远远做不到“不以己悲”。打个比方，再多的溢美之词也无法让我飘飘然，顶多是窃喜一小会儿，可只要有一句尖刻的批评，我的心情立刻会跌落谷底。

按理说一句表扬应该抵得过一句批评啊，但事实却远非如此。大多数人对赞美习以为常，却对批评暴跳如雷。有一个精通心理学的网友分析说，这是由于大多数人对自己的评价远远高于他人，所以在被赞美时觉得理所当然，但偶尔听到一句恶评就会怒从心头起。要想快速赢得一个人的注意，诀窍不是赞美而是批判。

这样想起来，我小学时代的某些男生可以说是深深懂得人性的弱点了，他们喜欢一个女生，不会去夸奖她、赞美她，而是揪她的辫子、嘲笑她的口音，甚至往她的书包里装小动物，目的无非就是让该女生多看他一眼，哪怕多骂他一句也是好的。

网上那么多人喜欢做杠精，动不动就跑到素不相识的人微博下去抬杠，说穿了他们和那些青春期的小男生一样，无非是为了博取注意罢了。这看似幼稚的招数却屡试不爽，遇到杠精的人往往完全丧失了理智，不惜花上一天甚至一个月的时间来和他们打嘴仗。没有人喜欢杠精，可偏偏他们却浪费了你大量的时间和心力，究其原因，还是因为我们过于在乎他人的批评了。

我们容易犯的错误之二，是夸大了不喜欢的人在生命中所占的分量。

举例说明：你是否会因为宿舍里有一个和你过不去的同学，就觉得在宿舍里再也待不下去，一心只想搬出去住？

你是否会因为公司里有一个看你不顺眼的同事，就觉得整个公司都乌烟瘴气，整个团队都毫无人情味？

你是否因为在成长的过程中遇到过一两个暴虐成性的无良老师，就因此深深地讨厌学校，甚至发展到厌学的地步？

更有甚者，他们将人生旅途中偶尔遇到的白眼和冷遇，夸大成“人人都厌憎自己，人人都对自己不好”的程度，那些反社会的杀人狂，大多抱有这种偏见。

大多数人当然不至于堕落成杀人狂，但放大敌意、无视善意的情况在我们的生活中却屡见不鲜。那些在某个圈子里人际关系极其恶劣的人，一开始其实只不过是和一两个人相处不好，久而久之却会发展到视整个团队为仇敌。

有些人会将原因归结为“没有一个人喜欢自己”，果真如此吗？我相信即使是罪大恶极的人，也会有珍惜他的人，也曾遇到过一些善意和温暖。

我们容易犯的第三个错误是想改变那些不喜欢我们的人对自己的看法。

很多人之所以苦苦奋斗，初始动力并不是为了自己所爱的人，而是为了让那些讨厌自己的人刮目相看。对广大底层人民来说，“逆袭”已经成了一种情结。为什么要逆袭？网上有一句流行的话说得很好，无非为了“今天你对我爱理不理，明天我让你高攀不起”。看看吧，即使有一天让人高攀不起了，人们耿耿于怀的仍是那些当初对自己爱理不理的人。他们的生活状态，在很大程度上居然是由这些他们憎恨得牙痒痒的人主宰的，他们实在是很在乎这些不喜欢自己的人。

他们如果听到我说这话，可能会跳起脚来，极力反驳：“说的什么鬼话，我才不在乎他们，我只是讨厌他们、憎恶他们！”人们总将在乎等同于喜欢和认同，事实上讨厌和憎恶也是在乎的另一种表现。很多人一边说着不在乎那些不喜欢自己的人，一边却竭尽全力地想证明给他们看，自己并不像他们想象的那么差劲。这哪里是不在乎，恰恰是太过在乎了。正如爱的反面不是恨一样，在乎的反面也不是憎恶，而是完全不当回事。

与有没有人喜欢自己相比，我们往往更在意的是有没有人讨厌自己。追求认可本来没有错，但如果一味地追求讨厌自己的人的认可，那就等于和自己过不去，属于过度追求认可了。

过度追求认可的人注定会为人际关系烦恼，因为世界上总有人讨厌你、不认同你。人是活在关系中的，除非我们打算像小龙女那样幽居深谷，不然总是难以避免地和讨厌的人打交道。很多时候我们会陷入一个怪圈，那就是别人越讨厌你，你就越会在意他对你的看法。

如何从这种怪圈里走出来呢？有一本在心理学界一直很受欢迎的书叫《被讨厌的勇气》，阐述的是和弗洛伊德、荣格并称为“心理学三巨头”的阿德勒的人生哲学。阿德勒心理学对寻求他人的认可持彻底的否定意见，认为个体根本没必要被别人认可，也不要去寻求认可。他在此基础上进一步提出，所谓自由，就是拥有被讨厌的勇气。一个人如果缺乏这种勇气的话，就注定无法获得自由。

阿德勒心理学最有意思的是关于课题分离的观点，也就是说，把自己和他人的人生课题完全分开来看。在人际关系中，你对他人怎么样，是你的课题，而他人对你的态度怎么样，则是他人的课题。每个人都只需要为自己的课题负责，换言之，你尽可以按自己的人生准则去过一生，别人是讨厌你还是喜欢你，那是别人的课题，你无须考虑，也控制不了。

意识到这一点后，你会觉得根本就犯不着费尽心思去让那些讨厌你的人对你改观，你只需要对自己的人生课题负责就行。当一个人不再畏惧被他人讨厌时，他的人际关系就从复杂变得简单，也就拥有了前所未有的自由。

世界上当然没有存心惹人生厌的人，阿德勒和他的信徒也是如此，书中就提到了："被讨厌的勇气并不是要去吸引被讨厌的负向能量，而是，如果这是我想活出的核心渴望，那么，即使有被讨厌的可能，我都要用自己的双手双脚往那里走去。"

人生本就苦短，清代才女秋芙曾经感叹，人生至长不过百年，其中睡梦占了一半，剩下的忧愁病痛占了一半，这其中襁褓垂老之日又占了一半，所剩下的时光不过十分之一二罢了。可叹的是，人们却把如此珍贵的时光，虚掷在不喜欢自己的人身上，这实在太不值得了。

你我皆凡人，可能很难达到阿德勒所提倡的那种八风不动的境界，能够做到"我只在乎喜欢我的人"就已经很好了。当有人攻击你、批评你时，你可以愤怒一两天，却没必要一直气下去，别把时间浪费在不喜欢自己的人和事上。人的精力是有限的，为讨厌的人伤神太多，那就匀不出精力来好好对待喜欢你的人了，这对喜欢你的人也不公平。

人要活得自在，关键是弄清楚什么才是生活的重心。我们错就错在，把目光聚焦在那些不喜欢自己的人身上，而忽略了那些真正喜欢自己的人。总有一天你会明白，只有那些爱你的人才对你的人生有意义，他们才是你生活的重心。至于那些不喜欢你的人，他们就是你生命中的一个喷嚏，无关紧要，对待他们最好的方式当然是远离。如果不得不面对，你也可以在心里嘿嘿一笑，默默念一句咒语：他强任他强，清风拂山冈；他横由他横，明月照大江。是不是就会淡定多了？

与君共勉。

24

再爱一个人，也不要让自己低到尘埃里

有一天逛论坛，我发现有人开了一个盘口，主题是“如何用一句话来概括低到尘埃里的爱”，结果应者如云，回帖多达数千条，这里只能摘录一些：

“我怕你嫌我烦。”“游戏打完了吗？”“你居然不回我，好跩，我更喜欢你了。”“你先打游戏吧！我一直在线，随时有空。”——这一类的回答最多，可见在现代爱情故事里，比爱上一个不回家的人更惨的是，爱上一个把任何事都看得比你还重要的游戏宅男，你只能一直在线等候，等着他在游戏与工作的隙间偶尔想起你来。

“现在能试吃试穿试用，你能不能试试我？”“你无聊的话，可不可以拿我来打发时间呀？”“你把我拉黑吧，不然我会忍不住找你说话的。”“你能接受我了跟我说一声好吗？”——这是追求者的心酸，他们千方百计，只为靠近喜欢的人，尽管对方根本就懒得搭理自己。

“就算我们分手了，我还是希望可以做朋友吧！”“如果你以后还想谈恋爱，还来找我好不好？”“我知道你已经不喜欢我了，但我还是喜欢你呀！”——这些被分手的人，总是舍不得放手，哪怕心成灰、伤到底也无所谓，只要能留在喜欢的人身边，哪怕恋情由地上转为地下也心甘情愿。

“如果有一天你不喜欢她了，一定要告诉我呀！”“就让我留在你身边好吗？我知道你不喜欢我，等你遇到真正喜欢的人我就退出。”“她对你不好的话记得回来找我，她不要你了你就回来。”——这种满满都是备胎的血泪，做备胎的往往坚信一个真理：只要备胎做到底，就会有一天修成正果，却不知道一枚备胎要修成正果，怕是需要上万年的道行。前生几万次的凝视，才能换得意中人一次不经意的回眸。

由于回帖太多，这里无法一一摘录，许多跟帖者在后面说，看了人家说的话，才发现自己也曾爱一个人爱得那么卑微，甚至卑微到了犯贱的地步。现在有个流行的词汇叫“舔狗”，用来形容这种低到尘埃里的爱，真是再形象不过了。

人生漫长，难免会有被爱情冲昏头脑的时候，有个网友说得好：“不曾做过舔狗的人，不会明白什么是真爱。”尤其对女性来说，这世上没有什么武器比爱情更具有杀伤力。一旦动了情，再强硬的女人也会在顷刻间沦为炮灰。回想起来，我也算是一个心高气傲的人了，可看到上面那些跟帖时蓦然发现，苍天啊，原来我也说过类似的话，原来骄傲如我，也是做过“舔狗”的人。

别说我们这些人了，就连被小资们奉为祖师奶奶的张爱玲，也曾经有过类似的境遇呢！张爱玲以高冷闻名，网上有一张广为流传的照片，她身着一袭绿色旗袍，头高高昂起，眼神中满是睥睨众生的派头，仿佛俗世男子，没一个能够入得了她的法眼。

如此高冷的女子，很难对谁动心，可一旦动了心，却会将身段放低。那句“低到尘埃里”的原创作者正是她。胡兰成和张爱玲的故事，早就为大众所熟知。这只是一个俗套的故事，一位高傲的女子，喜欢上了一个风流浪子，最后被辜负了。但因为胡兰成和张爱玲的身份，它变得更加引人注目。

碰到浪子的女人总是自以为与众不同，天下的女人都爱他，而他独独爱我。张爱玲原本也是这么以为的，直到有一天她恍然间明白，原来她也只是芸芸众生中的一个，胡兰成待她，和待小周、范秀美并没有什么不同，甚至连使用的招数、说的情话都相似。浪子就是这么爱偷懒。

这个曾经将她捧为“民国文学女神”的男子，后来一度视她如敝屣。此人生平信奉的是“能发生的关系一定要发生”，和张爱玲在一起后，他很快就有了新欢护士小周。他逃亡温州时，又去勾搭朋友家的寡婶范秀美。这样勾三搭四，还指望张爱玲完全不吃醋，来成全他的三美团圆。他许诺她的岁月静好、现世安稳，早已飘散在流离乱世中了。

胡兰成将她和小周、范秀美相比，说她不如秀美体贴，不如小周懂事。可怜一代才女，竟沦落到和这类女子相提并论。他只不过是依仗着她爱他！只因为她爱他，他就可以这样肆无忌惮，当着她的面津津乐道小周们的好处，全然不拿她的痛苦当回事。一个女人，只要倾心爱着一个男人，就会落得如此卑微。

胡兰成说“爱玲从不嫉妒”，恨不得把她捧上神龛。可事实上，张爱玲在爱情里和别的小女子没什么不同，所谓不嫉妒，只不过是在刻意隐忍等他回头而已。

胡兰成见一个爱一个的品性和《天龙八部》中的段正淳不相上下，但是我认为段正淳品格比他高，至少他从不为自己辩护。而且段正淳真正怜惜女人、爱护女人，王夫人那样伤他，他仍然在她死前温言抚慰她。而胡兰成呢，他早练就了金刚不坏之身，心里只有自己，女人只不过是成就他佳话梦的道具，不管她们是死是活，对于他来说都“亦是好的”。

胡兰成吃定了张爱玲，在分开了很多年以后，他还写信去撩拨她。张爱玲自然是避之不及，受过那样的伤害之后不管是谁都会对始作俑者避之不及。她曾经是他脚底的泥，为了爱尊严扫地。

在忍痛离开胡兰成很多年后，迟暮之年的张爱玲提起笔来，写了一部《小团圆》。这是那场爱恋给她留下的珍珠，淡淡的笔墨下埋藏着很深的痛苦。从温州回来后，她写信给他：“我已经不喜欢你了，你是早也不喜欢我了。这次的决心，我是经过一年半的长时间考虑的。彼此唯以‘小吉’故，不欲增加你的困难。你不要来寻找我，即或写信来，我亦是不看的了。”现在读来仍是一字一泪。

“见了他，她变得很低很低，低到尘埃里。但她心里是欢喜的，从尘埃里开出花来。”这是张爱玲在初见胡兰成后不久在送给他的一张照片上面所题的话。一语成谶，在这段感情里，她确实低到了尘埃里，而事实上，这样的低姿态对她自己来说是一种莫大的伤害，毕竟，她没有办法做到像旧式女子那样温柔和顺，她渴望的还是两人之间平等的相知相爱。

所谓“低到尘埃里的爱”，从本质上来说就是严重不对等的感情，你爱一个人远远超过对方对你的爱时，就会情不自禁地仰望他，而把自己放在一个很低的位置上。要知道，保持这种姿势是很累的，毕竟脖子仰久了是会酸痛的，但凡做过“舔狗”的人，回想起当初那种卑微到死的状态，几乎无不替自己感到不值。

因为这种不对等的爱实在是太伤人了，即便从中抽身而出，回想起来心头仍会隐隐作痛。张爱玲的《小团圆》就写到过她在被胡兰成所负后，经历过怎样剜心割肺的疼痛——她恨他恨得甚至动过杀心。

我相信，如果可以穿越时空回到过去，张爱玲一定不会为了胡兰成卑微隐忍到那个地步，见了这个风流浪子，只怕她会能有多远就躲多远。如果我们能够穿越回去，想必也不会再那样无怨无悔地当“舔狗”，尊严扫地就算了，最悲哀的是，你把自己的姿态放得越低，对方就越不会珍惜你，就像歌里面唱的那样“得不到的永远在骚动，被偏爱的永远有恃无恐”。

说是这么说，但当身陷其中时，恐怕很少有人能做到像回忆往事时那样清醒。我觉得从张爱玲的故事中，那些深陷在不对等爱情里的姑娘，至少可以学到两点教训：

第一，谁不曾为爱犯过贱，但犯贱最好趁早，人在年轻的时候康复能力比较强，即使心碎成了一片一片，也可以捡回来自己拼好，但等到年纪大了，谈一场恋爱就像老房子着火，这个时候千万别让自己再次“低到尘埃里”去了，因为你实在伤不起了。

第二，懂得及时止损，但也别强逼自己离开。继续还是离开，其实是一件很自然的事，等你真正痛得无法忍受了自然会选择放手，失望攒够了自然就会变成绝望。在此之前，你尽管去投入、去付出、去守望。别再一边做舔狗一边鄙视自己，这样你承受的痛楚会变成双倍。

按照我的个人经验，犯贱这事好比出疹子，一辈子总要出一次，但出过之后就有免疫能力了，所以不要忙着谴责自己，就把它当成一次历练吧，只要我们足够勇敢，足够坚韧，那些伤筋动骨的恋爱，最终会将把我们淬炼成钢。

25

过度牺牲，正在毁掉当妈的

不知道你有没有发现，有些朋友突然有一天就从你的生活中彻底消失了，电话不接、微信不回、朋友圈也不更新，聚餐K歌更是从不参加。这种情况下，这位朋友多半不是发生了什么意外，而是从小公主一夜之间升格为孩子妈了，从此以后，她只剩下一个身份，那就是母亲。

当过妈的人都知道，在刚晋级为人母的头两年里，生活基本上可以用四个字来形容，那就是“兵荒马乱”。没生娃之前以为呱呱坠地的婴儿都是小天使，生了娃之后才知道，只有在睡着的时候娃才乖得像天使。大多数时候，娃就是一个磨人的“小恶魔”，妈妈们初为人母，一个个手忙脚乱，只觉得时间完全不够用。

我的朋友 Amy 就是这样，在还没有晋级为人母之前，她是那种最洋气的在外企上班的 office lady（白领丽人），喝最烈的酒，泡最晚的吧，用最好的面膜，熬最贵的夜，玩乐和工作一样拼到极致，奉行的宗旨是人生得意须尽欢。一到节假日，她就热衷于呼朋引伴聚会，什么都比不上自己开心来得重要。

这么一个潇洒姐，自从当了妈之后，她的画风就完全变了，不仅不再主动发起聚会，就连我们叫她出来，也总是推说太忙。你问她在忙什么，得到的回答基本都是跟娃有关的：带娃去婴儿游泳馆游泳，陪娃去上传说中的天价早教班，为了娃专门飞到日本去购物，从奶瓶到尿不湿足足买了两大箱子……

平时她偶尔在闺密群里冒泡，也是三句话不离娃：

我会换尿布了；

我会给宝宝把尿了；

我会给他洗澡了，而且知道什么样的水温最适合他；

我会唱歌哄他了，经过实践后发现他最爱听的歌是《蓝精灵》以及凤凰传奇的所有歌，催眠用的最佳歌曲则是《我爱北京天安门》。

我以前总觉得自己有很多很多的爱无处安放，现在好了，我有了一个最亲爱的小人儿，我可以毫无保留地爱他。一听到他的哭声，我就着急忙慌地跑去哄他；而只要他冲我一笑，全世界的花儿就在我面前绽放了。

…………

当妈的确实都忙，可没见忙得像 Amy 这样的，她几乎全身心扑在了孩子身上，休完产假后回公司，也一改从前“拼命三娘”的作风，变得特别佛系，每天总是踩着点上下班。她老公本来还算体贴，她却不放心让他分担，觉得他粗手笨脚，肯定带不好娃，婆婆特意过来帮她，她也不领情，总觉得老一辈的人在育儿理念方面太陈旧，还是自己亲力亲为比较好。

因为她太忙总是抽不出空，我和另外一个朋友只好约了一个时间登门去拜访她。一见面，我简直大吃一惊，大半年不见，Amy 完全变了一个人，瘦得形销骨立，整个人也不修边幅，随随便便穿了件半旧的睡衣，脸上不施脂粉，看上去分外憔悴，没有半点儿以前精致讲究的样子。要知道，她从前可是一个倒个垃圾都会先化妆的主儿。

为什么她会瘦成这样？为什么她见人前居然也没有化个妆？这些问题我们一直忍着没敢问，可在接下来短短的两小时里，我终于见识到了什么叫“二十四孝”妈妈。

在那两小时的时间内，Amy 就没有停下来休息过一分钟，我们吃饭的时候，她在忙着给宝宝做辅食，米粉要亲自磨碎，担心外面买的有添加剂，苹果和胡萝卜要蒸熟之后再打成泥，混合在米粉里面一起喂食，这样才能营养均衡。她光是奶瓶就买了十几个，每个用完后都要高温消毒以备轮流使用。吃饭时还发生了一个小插曲，她婆婆往孩子嘴里喂了一勺小米稀饭，她在厨房里远远地瞧见了，连忙飞奔出来，手疾眼快地制止了婆婆的喂饭行为。令我们大跌眼镜的是，她居然硬生生地把那勺稀饭从孩子的嘴巴里给抠了出来，吓得宝宝哇哇大哭。

她好不容易吃完饭，宝宝又拉大便了，弄得到处都是，只好赶紧洗澡。她老公打好水，叫她抱宝宝过去，她很不高兴地白了他一眼，抱怨他又没测水温，赶紧抱着宝宝去找水温计。我和朋友在旁边看得瞠目结舌，终于知道她为何会忙成陀螺了。

一年多的哺育生活，把 Amy 从一个十指不沾阳春水的娇娇女变成了一个整天围着宝宝转的欧巴桑（日语里对大妈、奶奶等老年妇女的称呼）。这一年多，她瘦了、老了，一天只能睡几个小时，黑眼圈堪比熊猫，一年来没看一场电影，事业也停滞不前，说起来真是一把辛酸泪，满肚牢骚话。

“我妈跟我说，当时她生了我半年后就把我扔到了厂里的托儿所，她自己照样上班。你们说那个年代当妈的人怎么就这么轻松呢，也太不负责任了，我怎么就累成这个样子了？连个帮忙的人都没有，实在是太累了。”见老公和婆婆都不在，Amy 便趁机向我们诉苦。

见到她瘦脱了形的样子，我作为朋友也觉得很心疼，只得宽慰她：“那你可以试着让老公和婆婆分担一下啊，或者叫你妈来也可以，她不是内退了吗？”

“别提了，你也看到了，他们不添乱就好了，根本帮不上什么忙。至于我妈，连我都没怎么带过，哪还能让她帮忙带外孙？”Amy 想也不想就否定了我的建议。

“那你看是不是早点儿把宝宝送到托儿所或者幼儿园，这样就能腾出手来忙自己的工作了。”另一个朋友提议。

“这可不行，你们没看育儿方面的书吗？所有的育儿专家都说了，孩子在 3 岁以前的成长期最关键，我必须尽可能地和宝宝待在一起。”Amy 趁机对我们进行了有关如何亲密育儿的科普教育。

Amy 说的话有一定的道理，我们这一代和上一代人的育儿理念截然不同，最大的区别在于，上一代人囿于生活条件，还停留在把孩子养大的阶段，只要把孩子养得白白胖胖，节衣缩食供孩子上学，就算尽到了为人父母应有的责任；到了我们这一代，更多的是想着如何让孩子更加快乐、健康地成长。

我曾经写过一篇叫作《为人父母，诚惶诚恐》的文章，其中提到：“23 岁的妈妈，理直气壮地生下了我，理直气壮地以她的方式养大了我；30 岁的我，诚惶诚恐地生下了儿子，为人母亲后，更是诚惶诚恐，不知道如何做才能成为一个合格的母亲。”

想必我们这一代稍有责任感的人，在为人父母之后，都会有这种诚惶诚恐的感觉，特别是当妈的，就算付出再多，也会觉得自己做得不够好。可是反过来想，不负责任地放养固然不好，但像 Amy 这样为了孩子完全牺牲个人的成长和时间就真的好吗？

作为旁观者，我们可能觉得，她的有些牺牲是完全没有必要的，也是可以避免的。当妈当到这个份上，不仅自己累，连家里的人也会跟着累，因为她会用同样严苛的标准去要求身边的人，在自己争取当一个完美妈妈的同时，还会要求老公做一个完美的爸爸、婆婆做一个完美的奶奶。如果真是乐在其中倒还罢了，关键是她也会抱怨，也会觉得自己牺牲得太多。

一说起妈妈，好像传统的观念都是和牺牲有关。在物资匮乏的年代，妈妈们总是节衣缩食，将好吃的都省给孩子们吃，以至于“妈妈喜欢吃鱼头”的故事广为流传。如今，物质生活丰裕了，妈妈们不用再为孩子在金钱上牺牲了，变成为了孩子去牺牲自己的事业，无限度压缩自己的业余时间，这样做的结果，往往是妈妈活得很苦情，孩子也不会太快乐。爱和奉献都应该适可而止，太多的话，不但会榨干自己，也会成为对方的包袱。

有一个叫吉田穗波的日本女医生，她在一家医院任职，工作相当忙，同时是一位新晋妈妈。很多女人可能觉得工作家庭难以兼顾，可吉田穗波呢，却在陆续生了五个孩子、全职工作的同时，到哈佛留学两年，还出版了一本书。

如此忙乱的生活会不会乱成一锅粥？吉田穗波诚实地回答，当然会乱作一团。但如果你想做一个多元利用时间的妈妈，就得把完美的标准放在一旁，做一点儿是一点儿，同时，你得学会向人求助，让他人帮你分担。吉田穗波并没有为了孩子把自己的工作和学业抛到一边，可是谁又能说，她不是一个合格的妈妈呢？至于完美，拜托，这世上从来没有什么完美的妈妈，我们需要做的，就是放下完美的执念，先从合格做起。

关于什么才是一个合格的妈妈，本来就没有统一的衡量标准，照我的理解，最理想的亲子关系，不是为了孩子牺牲一切，而是能够和孩子一起成长。在我心目中，合格的母亲是这样的，她会在抚养孩子的过程中学会付出，学会体谅，学会坚强，学会宽容，学会爱。合格的母亲首先得是一个合格的人，有属于自己的梦想和空间，她首先是自己，然后才是母亲。她不应该完全沦为孩子的附庸，而是要做孩子旁边的一棵树，根紧扎在土里，叶相逢在风里，每一天都在阳光和清风中相互致意，一起快乐地成长。

26

在这个势利的世界里，尽量做一个不势利的人

（1）

最近，我的朋友圈被一个公益广告刷屏了。

在名为《致 25 岁还一无是处的你》的广告里，基金会请来了几位企业界大佬，他们对一些匿名求职者的简历进行评估。

第一份求职简历，A 先生，成绩好，学历漂亮，但十几年都没有工作经验，一直宅在家里。

第二份求职简历，B 先生，年轻，25 岁，工作经历丰富，做过洗

车员，还做过面包学徒，但只有中学学历。

第三位求职者 C，他每份工作的时长都只有一个月。

毫无疑问，大佬们对这三份简历都瞧不上眼。

评估结果揭晓，第一位 A 先生，是大导演李安；第二位 B 先生，是知名面包师吴宝春；第三位 C，是朋友的孩子……

广告最后说：没有了偏见，留给年轻人的就是无限。

（2）

广告中说的是偏见，我看到的却是势利。当然，势利本身就是偏见的一种。

为什么很多人被这个广告打动了？一是因为它拍得走心，二是因为大多数年轻人感受过来自成年世界的势利。

世界是势利的，对一穷二白、一事无成的年轻人更是如此。有多少年轻人像广告中的求职者一样，苦苦期待着世界能够给他一个机会，结果等到的却是冷漠和轻视。他们要遭受无数次的白眼，才能获得一点点微不足道的机会。

曾经有一部电影叫《莫欺少年穷》，讲述的是黄家驹年轻时的故事。可在现实的社会里，不欺少年穷的人太少了，尤其是在奉行丛林法则的当下，少年们想要往上走就变得格外艰难。

势利社会有一套衡量人的标准，凡是不符合这个标准的人都会被排除在外。你不是名校毕业生、你没有工作经验、你没有名气、你资历不够深，任何一条都足以将你拒之门外。

这个时候，除了自己加把劲努力外，你只能向上天祈祷，会有那么一个人，或者那么一家公司，愿意给你一个机会，让你试一试。

幸好我们身处的世界并不是铁板一块，势利虽然是主流，可总还是有那么一小撮不势利的人，他们不去理会那些条条框框，他们愿意向你伸出双手。

这样的人，我们通常称之为贵人。我在找工作和出版的路上，就遇到过不止一个贵人，感谢他们，让毫无相关经验的我，得以进入一个全新的行业，让从来没有出版过书的我，得以出版人生中的第一本书。

（3）

我相信每个人都遇到过自己的贵人，不管你遭遇过多少冷漠，总有一些人曾给予你善意和温暖。大至工作机会，小至一个饭团，甚至只是一句暖心的话。

一个读者曾告诉我，她刚毕业去了一所学校教书，是同批老师中唯一一个不是从名校毕业的。一开始学生不服管束，为此她屡屡被领导和同事质疑，他们怀疑她的工作能力。有一次她因为学生太吵闹在办公室偷偷哭了起来，一个男同事见了，过来轻轻地说了句：“我们都是这么过来的，你只是需要时间。”就是这句话，让她得到了安慰，最终熬过了那段艰难的时光。

韩信落魄时，三餐不继，在河边清洗衣物的漂母给了他一顿饭。后来他功成名就，以千金报之。一饭之恩，也许很多人觉得算不了什么，可对一个饱受白眼的人来说，其分量远在千金之上。

世界越冷漠，就越显得温情可贵；世界越势利，我们就更要感谢那些不那么势利的人。

（4）

势利的存在自有其合理性，至少它可以催人奋进。

很多时候激发我们奋力争上游的不是爱，而是因为不甘心，不服气，不想被人看成一条咸鱼。

我不明白的是，为何那么多曾经遭遇过势利眼的人，在取得了俗世认可的成功后，一转身就开始歌颂起这个势利的世界。以前的人至少还要想着为自己的势利遮一层面纱，说明他们潜意识中认为这是不对的，现在的人倒好，势利得明目张胆。

他们总是将自己的成功完全归结于自己的努力，果真如此吗？除了自己的努力，他们就没有得到过任何人的帮助和提携吗？若世上人人都无比势利，只怕阶层早已固化，上升的渠道将越来越窄。在一个全然势利化的社会里，一穷二白的年轻人得不到任何机会，一辈子都翻不了身。

如果你曾经尝过那种被人轻慢的滋味，想必知道那滋味并不好受。努力的意义，是不把这个世界让给我们所憎恶的人，而不是把自己变成曾经深恶痛绝的人。

不少人曾经痛恨他人的势利，但等他们掌握话语权后，又转而成为势利世界的一分子，用别人对待他们的方式，对待其他人，甚至变本加厉。

（5）

可能我是一个老派的人吧，向往的还是《论语》中所说的那种“富而无骄，贫而无谄”的境界。

在成长的路上，我当然受过冷眼，但我更愿意记住那些难得的善意，并将善意继续传递下去。我不能保证自己一点儿都不受势利的影响，只能力求在这个势利的世界里，尽量做一个不那么势利的人。

我永远记得，在自己众叛亲离的时候，一个朋友给流落异乡的我打电话说：“就快过年了，我替你去看看你奶奶吧！”这件事教会了我，今后不管哪个朋友如何落魄，我都应该不离不弃，就像我的朋友一样。

我永远记得，刚开始在网络上发表作品时，一些并不认识我的大V纷纷推荐我的文章。所以后来有人想让我帮忙推荐，只要他写的文章不是过于上不了台面，我都会尽力而为。

要消除势利之心是一件很困难的事情，趋炎附势可能是人之本性，就像我们去看一本书，很多人是带着势利眼去看的，拿过大奖的作品即使写得不好，也很少有人有胆量指出它的不好之处。

以势利眼来评判万事万物，最大的弊病是我们只剩下成功与否这一个标准。一本书如果没拿过奖，又卖得不好，人们就会觉得是作者写得不好。一个人如果没有功成名就，就会被大家唾弃，你穷你活该，你弱你没理。在势利的社会里，每个人、每样东西都有价格，至于价格背后的价值，是没有人关心的。

势利社会的结构就像一座金字塔，不少已经攀爬至顶的人坐在塔尖，冷眼看着比他弱、比他穷的人往上爬。当你问他们，为什么不拉这些人一把时，他们会冷笑着告诉你：我当初奋斗的时候，也从来没有人拉过我。

话是这么说，可当初的你曾那么渴望有双手能拉你一把，为什么现在就不能做那个率先伸出手的人呢？就算不愿意伸手去拉，也请不要往那些攀爬的人身上踩上一脚。

27

温柔的人永不过时

阿施是我在采访时认识的，地地道道的广东人。要说全中国还有哪个地方的女孩子仍旧保留着古代女性温柔娴雅的本性，可能非广东莫属了。阿施是货真价实的“靓女”，人生得高挑漂亮，我生完瓜瓜后，她来我家看我，走之后我妈再三质疑：“你确定她真的是广东人？”她完全想象不到，在广东人中还有这样的美女。

人长得美就容易恃靓行凶，阿施却完全没有这样的倾向。她不但不凶，而且温柔得很，说起话来总是和声细语，配上动人的微笑，真让人有如沐春风的感觉。我老公和她接触不过两三次，每次都感叹，想不到天下还有如此温柔的女子。当然，参照物如果是我的话，这个标准有点儿低，不过阿施的温柔可见一斑。

阿施可以说是天之骄女。她出生在小康之家，父亲是医生，大学毕业后她就顺利考上了公务员，又嫁了一个疼爱她且前程似锦的老公。这样的生活，顺风顺水得足以令广大女性嫉妒。我承认，尽管阿施平易近人，有时候我还是会觉得和她之间颇有距离，因为我们彼此的境遇相差太远。

我采访阿施的时候，正是她人生的巅峰。那年是虎年，是她的本命年，正好我们要找十对属虎的新郎新娘采访，阿施就是十位新娘中的一位。当时她向我描述新婚宴尔的生活，言语间不时流露出初为人妻的甜蜜。我记得她发给我的照片上，她穿着白色的婚纱，赤足踩在海滩上，对着老公笑容灿烂，在她的身后，是碧蓝的大海。

长久以来，阿施给我的印象，就像这张照片一样，美得不染人间烟火。我有时想，天使落入了凡间，或许就是她这个样子。

直到我也做了母亲，两个人比以前更亲近了些，有一次吃饭时聊起家庭，她忽然问我："你知道我家里的事吧？"我懵懂地摇了摇头。阿施想了想，终于开口说："我老公出了场车祸，很严重的车祸。"我一下子蒙了。

变故发生在一年前，那时的阿施刚生了宝宝不久，孩子只有两个月，她老公就因疲劳驾驶出了车祸，车撞得完全变了形，她老公在

ICU 里住了小半年，这期间阿施的妈妈也生病了，居然是癌症。父亲要上班，家里家外都是阿施一个人在忙，怀里还有一个嗷嗷待哺的小娃娃。最痛心的是，婆婆不但不帮她，还指责她没照顾好自己的儿子。

再难熬的日子也会挺过去，等到阿施向我诉说的时候，事情已经过去了一年，老公还在住院，正在缓慢康复中，可以不用拐杖独立走一段路了。妈妈的病没有恶化，生活能够自理。宝宝也长大了，会走路会说话，还会给妈妈倒水疼妈妈啦！

“我都不知道自己是怎么熬过来的。”阿施说到这些，眼圈有些发红，但她很快又恢复了微笑，她说，最艰难的时候，都想放弃了，那些日子，儿子就是她生命中唯一的光。

我看着面前的阿施，她还是那么温柔漂亮，我根本想象不到，在她身上曾经发生过这么大的不幸。自从我和她认识以来，似乎一直都是她在关心我，工作上有什么烦恼，采访时想要找本地人，都是找她帮忙。在过去的一年里，这种状况也没有什么变化，每次我在 QQ 上和她说话，她都是事无巨细地一一解答。

在她的空间里，我常常看到她晒一些旅行、聚会的照片，照片中的阿施看上去还是开开心心的，只是比以前瘦了不少。我何曾想到，在她产后暴瘦的背后，有着这样的变故。长久以来，阿施就像一轮小太阳，向身边的人散发着光和热，这些人中就包括我，可是我居然不知道，小太阳的内心早已经燃烧成了灰烬，曾经面临着完全冷却的困境。

“其实也没什么啦，也许是老天以前对我太好了，所以要考验一下我。”阿施说道。在过去的一年里，她使出了全身的力气努力生活，努力照顾好每个家人，把自己打扮得漂漂亮亮的，在儿子生日时让人上门拍亲子照，把全家都安顿好了还抽空去了一次泰国，最后她发现，原来一直习惯被人照顾的她，也可以这么能干。

说到未来，阿施对老公的彻底康复并不是特别有信心，她唯一可以确定的是，不管处于什么样的境地，都要让自己的生活保持“正常”的样子。“如果我都倒下了，一家人还怎么支撑下去？”阿施掏出手机给我看她的亲子照，照片上，她抱着儿子，两个人都在笑，比起海滩上的那张照片，她的笑容不再那么无忧无虑，而是多了一些沉甸甸的内容。可我怎么觉得，这些沉甸甸的内容令她的美更有质感了呢？

一直以来，我对温柔的人都毫无抵抗力。小时候，我最喜欢的人就是《红楼梦》中的宝玉，7 岁的我连“贾”字都不会写，只会翻来覆去地在旧台历上写“假宝玉”三个字，惹得姑姑和姑父一顿嗤笑。姑父问我是不是长大以后要嫁给贾宝玉这样的男人，我斩钉截铁地回答说是的。那时我只有 7 岁，已经明白自己喜欢什么样的男人，他会和宝玉一样笑容永远温煦、声音永远温和，在我生气的时候，他会饱含柔情地叫我一千句“好妹妹”。

后来读了《红楼梦》的原著，我才发现，领略过宝玉式柔情的人，不只有林妹妹，还包括大观园中的众多姐妹。知道袭人爱吃豆腐皮的包子，他就巴巴地为她留着；晴雯冬夜里穿着小衣起床，他也忙不迭地为她暖手。

宝玉的温柔纯粹出于天性，即使是对素不相识的女孩子，他也毫不吝惜这份柔情。看着龄官在那里画“蔷”字，他一片好心去提醒人家，却忘了自己也在淋雨。刘姥姥信口开河胡诌了一个什么穿红衫子的姑娘，他就信以为真，大老远想去一睹芳华。宝玉有一种刻在骨子里的优雅，即使是在闹哄哄、乱糟糟的酒宴上，他脱口唱出的竟然是《红豆曲》那样精致伤感的曲子。

并不是所有人都能理解宝玉的珍贵，在大多数人的眼中，他只不过是一块无缘补天的顽石。他为姐妹们操碎了心，但姐妹们却笑他“无事忙”。幸好还有林妹妹懂他，所以只有她能和他共读《西厢记》，只有她从不劝他热心功名。我相信黛玉临终之际并无遗恨，被宝玉那样精心地爱过，这一生又怎称得上遗憾呢？

成年后我喜欢的每个男人都像他，不管是张国荣还是段誉。我以为全世界的女人都和我一样，渴望被精心地爱着。我以为对一个女人来说，温柔是选择男人最重要的标准。后来我才发现，世界已经变了，变得如此强硬、如此冷酷，容不下半点儿柔情，姑娘们爱硬汉、爱浪子，唯独不爱侠骨柔肠了。在这样的年代，难怪他要被人弃之如敝屣，“贾宝玉”三个字甚至被误读成了娘娘腔。

我一度也曾羞于提及自己深爱过宝玉，这是一个盛产铿锵玫瑰的时代，连女人都修炼成了百炼钢，我又如何能够毫不脸红地承认自己只爱绕指柔？于是，我像一个男人一样投奔于职场，像一个男人一样蝇营狗苟、狼奔豕突。我以为自己已经修炼成铜皮铁骨了，可是，当我坐公交车被五大三粗的硬汉们挤成一张纸时，当我工作上出了差错被男上司训斥得像一条狗时，当我和老公吵了架默默在床头抹眼泪时，我是多么怀念他。

我已经长大了，不再像小时候那样幻想着能嫁给像宝玉一样的男人，但是我多么渴望，自己遇见的男人能或多或少地有宝玉身上的温柔。也许他们也有温柔的时候，在情人面前，在热恋尚未冷却时，但他们谁都比不上宝玉，他的温柔与生俱来，从不更改。

年纪越大，我就越喜欢像宝玉和阿施这样温柔的人。在如今这个时代，温柔成了一种特别稀缺的品质，而拥有这种品质的人也都成了“稀有动物”。很多人将温柔误读为软弱，其实不是这样的，真正温柔的人，知世故而不世故，历经沧桑却单纯如初，岁月将很多人的心磨得生出了硬茧，而他们的心却始终柔软。

我们活在这个世上，难免会受伤，难免会流泪，在经历了那么多世事之后仍然能保持一颗柔软的心，仍然能不吝惜付出温柔的人，才是真正了不起的人。他们有的像宝玉那样，宁愿自己受伤，也不愿意伤害别人；有的像阿施那样，即使带着伤疤仍然不忘微笑，这是一种相当高层次的善良。正是因为有他们的存在，让这个坚硬的世界增添了一抹柔情，我相信温柔的人永远都不会过时，就像我相信人们永远都渴望柔情一样。有一个词叫柔情似水，真是太贴切了，水是那么柔软，却又暗含着无穷的力量，柔情似水的人也是如此。

温柔是一种天性，更是一种习惯，先天禀赋不足的人，也可以通过后天练习，慢慢成为一个内心柔软的人。没有人不渴望被这世界温柔相待，但在此之前，你有没有想过，要想被世界温柔相待，首先得温柔对待世界呢？让我们率先做那个给出温柔的人吧，一个流淌着柔情蜜意的世界，远比一个冷酷坚硬的世界更让人眷恋，而这需要我们共同努力。

28

一个人的成熟，从学会不嫉妒他人开始

小表妹最近有点儿苦恼，苦恼的根源来自她最好的朋友。她和朋友住同一个小区，读同一所学校，两个人都属于天之骄女，漂亮活泼，天资出众，家境、成绩、长相、才艺都势均力敌，在家是父母的掌上明珠，在学校是老师的宠儿。

两个小姑娘之间的关系很微妙，一方面好得蜜里调油，另一方面彼此都暗暗较着劲。一个钢琴拿下十级，另一个小提琴就要拿八级；一个被老师钦点为六一文艺会演的主持人，另一个则是国庆合唱比赛的领唱者；一个这次拿了班上的第一名，另一个铆足了劲下次一定要赶上来。

两人你追我赶，互不示弱，维持着一种微妙的平衡。直到她们去年升上高中，这种平衡被打破了，小表妹的朋友随父母移民去了美国加州，一开始，只要朋友一给她发来邮件，她就会兴冲冲地跟我们分享，真心地为朋友高兴，后来慢慢地她就不爱说这些了，可能是感觉到了落差。朋友在美利坚合众国的热土上适应得挺好的，进了一所有名的私立中学，相当于一只脚踏进了常春藤大学，业余生活也丰富多彩，不是去欧洲旅游，就是在社区实践，还成为学校棒球队的啦啦队女孩，收到的情书可以用打来计算。

比较起来，小表妹在国内高中的生活就可以用乏善可陈来形容，整天就是在宿舍、食堂、教室的三点一线中穿行，每天都是上不完的课、做不完的卷子。本来她还觉得没什么，可一对比起那个在加州阳光下自由自在成长的朋友，她就越发觉得现在的生活难以忍受。

“我不想再和她联系了。”小表妹怏怏地对我说，“怎么办啊姐姐，我觉得再和她交往下去，我会控制不住自己的嫉妒心。她是我最好的朋友，我却嫉妒她，这样是不是很不对啊？”

我被她不加掩饰的天真烂漫逗笑了，其实嫉妒朋友这回事，成年人之间估计更严重，可我们已经不会再像她这样坦荡荡地承认自己的嫉妒心，更不会纠结对还是不对。

“没什么对不对的，你有这种心理很正常。”作为一个过来人，我只能告诉小表妹，我在像她这么大的时候，也曾经被控制不住的嫉妒心折磨过。

我嫉妒过表妹敏敏。敏敏小我一岁，所以打小我们就较其他表姐妹更亲密。说实话，小时候我对她有一种隐约的敌意，因为她年纪虽然比我小，但个子比我高，长得比我漂亮，嘴比我甜，而我除了成绩好，几乎就是一个闷小孩。亲戚们总觉得我什么地方都不如敏敏，对她也比对我亲热得多。

我还嫉妒过一个好朋友亦静学姐，曾经我特别渴望成为她那样的女子。我爸爸和她妈妈是同事，爸爸妈妈从小就以她为榜样教育我，亦静的优秀成了我的梦魇。爸爸总是在饭桌上转达关于她的光辉事迹：亦静又拿了全校第一名，亦静主持了迎新晚会，亦静第一批入了团……说得我无比惶恐，只敢埋头吃饭。

亦静从着装到举止走的都是淑女路线，她从来不穿那些我们认为可爱的粉粉嫩嫩的少女装，偏爱藏青、淡碧、深蓝这一类的颜色。我记得她有一件藏青色的滑雪衫，样式很普通，不知道为什么，穿在她身上就特别合适，衬得她分外娴静。她说话柔声柔气的，未语先笑，并不介意两齿微露，让人感觉很有亲和力。

这样的脾气性格，居然人缘并不好。很多时候，她都是独来独往，女生们不是不想亲近她，而是心里怯怯的。那会儿，我们野得可以跳上乒乓球台和男生决斗，亦静的淑女气质实在和广大初中女生不搭。

说白了，她那么出色，我们都不想沦为她身旁的陪衬绿叶。

其实亦静和我的关系一直以来都还不错，因为她总是对我主动示好。尽管如此，我内心深处其实对跟她走得太近这件事有点儿抗拒的，那种心态，就像小表妹一样，不愿意天天生活在好朋友的光环之下。

嫉妒是一种很不好受的感觉，就像巴尔扎克说的：“嫉妒者所受的痛苦比任何人遭受的痛苦都大，他自己的不幸和别人的幸福都会使他痛苦。”确实是这样的，就拿当年的我来举例子，有一次我期末考试正好跌出了前三名，而亦静却以高分考入了我们那儿最好的重点高中，于是我幼小的心灵就承受了双重的伤害。而且这种情绪是无法说出口的，甚至会在心里谴责自己：你怎么能嫉妒自己的好朋友呢？真是不应该啊！于是我又多了一重良心上的折磨。

有一句流行的话：“没有比较就没有伤害。”确实是这样，大多数人的挫败感，一半来自自己的失败，另一半来自朋友的成功，后者的作用似乎更甚。理论上我们应该盼望朋友过得很好，而实际上我们却常常抱着“希望你过得好，但不要比我好”的念头。

在这种念头的支配下，我们总是会选择那些和我们差不多，甚至比我们差一点儿的人做朋友，而不愿意去和那些比我们美、比我们瘦、比我们有钱的人亲近，至少曾经的我就是如此，这样会让人故步自封，错失很多提升自我的机会。

嫉妒发展到极致时，还会让人面目全非，变得狰狞。韩剧《来自星星的你》里有一段经典的台词，女主角千颂伊对嫉妒她的女配角刘世美说："看到别人比你爬得高，不是说我也要去那里，而是对别人说，你下来吧下来吧，也到这泥潭里吧！而我不会到这个泥潭，陷入每天嫉妒别人的泥潭。"

当时看剧，听到这段台词时我还蛮震撼的，可能是因为我也曾经在这种泥潭里待过而不自知。千颂伊说得很形象，当一个人被嫉妒冲昏了头脑时，不是花力气让自己站在更高处，而是竭尽全力地将嫉妒的对象从高处拉下来，这是很可怕的。

为什么会产生嫉妒他人的心理呢？因为我们总是爱和别人比较，周围的人也总是怂恿你去和别人比较，所以大多数小孩是在攀比中长大的。

按理来说，我们最不应该嫉妒的人就是自己的好朋友，可偏偏最控制不住去嫉妒的人就是好朋友。对很多人来说，好朋友就是参照物的代名词。后来我才知道，在心理学上有个专门的词语叫"pccr pressure"，翻译过来就是"同辈压力"。同辈也就是年龄、地位都差不多的人。这个词大致是指处于同一个群体之中，人们会迫于来自同辈的压力而做出行为上的改变。

人这一辈子都伴随着同辈压力，所以我们总是忍不住和身边亲近的人去比较。我们很难去嫉妒一个高不可攀的人，却往往会嫉妒一个和我们特别相近的人。马云赚了一千亿，带来的冲击力也远不如隔壁小王同学去年又挣了一百万。一个特别出色的人往往要承受更多被人嫉妒的压力，因为他冒犯了绝大多数人平庸的生活。

生活在这种比较体系中的人，真的很难对同伴不起嫉妒之心，因为我们总是下意识地将同学、朋友，包括表兄妹之类的都当成竞争对手。对很多中国人来说，人和人之间的关系只有一种，那就是竞争关系。没有人不害怕在竞争中落于下风，于是在拼命往前跑的同时，几乎每个人的心里都有过盼望对手在跑道上跌倒的想法。

嫉妒过朋友的人想必都被这种情绪困扰过，也肯定想过要摆脱，但只要你还是把朋友当成竞争对手，就很难彻底摆脱这一困境。那么到底还有没有办法呢？

我也一直深受其苦，直到我看了一本介绍阿德勒心理学的书，书名叫《被讨厌的勇气》。书中提出，我们原本可以不把他人看成竞争对手，而是看成伙伴。我们和他人的关系，可以不必一定要你死我活，而是可以共存双赢，形成一种类似于“共同体”的关系。你和家人、你和朋友、你和同学，都是一个个小的共同体，这样的话，他人的成功对我们来说将不再是一种刺激，而是变成了滋养。

这个说法真是让我耳目一新，当我试着按书中所说的那样去想、去做时，新世界的大门打开了，只要改变了那种所有人都是竞争对手的观念，我发现自己就不再那么容易嫉妒他人，而是真诚地为朋友的每次成功感到高兴，这样一来，朋友自然开心，我也如释重负。真的，当一个人学会克服自己的攀比欲和虚荣心后，就会发现人生根本就没那么艰难，你只要在自己的跑道上慢悠悠地跑就好了，无须理会旁边的人跑得是快还是慢。

在某种程度上，只有不因朋友的成功而嫉妒的人才算得上真正的朋友。我的偶像亦舒师太在小说《流金岁月》里写到理想的友谊："那种难得的朋友，我成功，她不嫉妒；我萎靡，她不轻视。人生得一知己足矣。"30岁以前，我渴望拥有这样的知己；30岁以后，我希望自己能够先成为这种难得的朋友。对于朋友的成功，努力做到不嫉妒；对于朋友的萎靡，努力做到不轻视，我想只有这样，才配得上拥有一个真正的知己。

29

一张笑脸，就是对世界最大的善意

这几天生病去医院输液，我手上的血管特别细，一个护士姐姐在给我扎针时连扎了两次还没有扎进去，紧张得连连道歉。我笑着安慰她说："不要紧的，不怪你，只怪我的血管不够粗，实在不行的话，你就给我扎在脚上也行。"

旁边来打针的人也都笑了，一个大妈夸我："这姑娘脾气真好，长着一副笑模样。"护士姐姐也没那么紧张了，立刻眼明手快地扎好了针，还低声对我说"谢谢"，我还是边笑边说："谢什么啊，应该是我谢谢你才对。"

下午我再去输液时，她主动站了出来，说要给我扎针。下午人挺少的，我们就有一搭没一搭地闲聊起来。我问她最怕给哪种人打针，她压低声音悄悄告诉我："最怕的就是那种一进门就黑着一张脸的，活像武松，吓死宝宝了。"

我扑哧一声笑了："武松？你是说黑旋风李逵吧？"她连连点头："是呀是呀，就是李逵，比李逵还吓人呢，这种人一般脾气都挺臭的，我有一次给一个黑脸大叔扎了五次都没扎进去，没办法，一看见他那张脸啊，我就瑟瑟发抖。虽说给人打针输液是我们的工作，这些人的脸色就不能稍微和缓一点儿吗，这样我也就没那么紧张了。"

我调侃道："那幸好我没黑着一张脸，不然还得多挨几针啊！"她也笑了："还是小姐姐你好，一看见你笑，我就不紧张了。"

我倒不是刻意冲着她笑，而是习惯了见人就奉上一张笑脸，没想到还起到了安抚人心的功效。我这个人的长相有点儿奇怪，不笑的时候看上去有点儿高冷，所以我一般逢人就笑，以展现我的亲和力。不止一个朋友对我说，他们之所以选择和我亲近，就是觉得这姑娘笑起来没心没肺的，太可爱了。好朋友茶花总是说："你笑起来特别好看，不笑的时候就有儿点凶巴巴的，所以要多笑。"

我这么爱笑，是受我爸的影响。我爸是我见过的最爱笑的人了，朋友们都说我爱笑，可他比我更爱笑。记忆中，儿时他每次带我去赶集，见到认识不认识的，都冲着人家笑，同时还不忘提醒我对叔叔阿姨伯伯婶婶们一顿猛笑，一圈走下来，我笑得腮帮子都有点儿痛了，他老人家还是笑吟吟的，仿佛那笑容就长在了他的脸上。正因如此，我爸的人缘好得出奇，不管是他的同事、邻居还是领导，几乎没有不说他好的，大家都爱跟他玩，说他好接触，没脾气。

没脾气当然只是一种假象，我爸发起脾气来堪称地动山摇，匹夫一怒，也能令人害怕。不过他轻易不发脾气，再加上他的笑脸太有欺骗性了，以至于大家都觉得这个人应该脾气还不错吧！

“伸手不打笑脸人”，这是民间很流行的一句俗话，对于满面笑容的人，人们是很难产生恶感的。尽管如此，“笑脸人”在我们这方热土上还是属于稀缺品种。我有一个亲戚去美国旅游回来后最大的感触就是，美国人都爱笑，街上的人一个个傻乐傻乐的，反观我们这里的人，大多苦大仇深，不信你去街上看看，很多人的表情就像有人欠了他钱没还似的。

别说微笑了，就连脸色好看一点儿都很难做到。对大多数人来说，微笑和好脸色，都得节约着用，不到求人办事的时候，一般是不会轻易奉上的。他们不仅自己终日板着一张脸，还特别看不惯那些整天笑嘻嘻的人，觉得他们嬉皮笑脸、没个正形。我记得我刚去报社实习时，一个带我的记者老师就不止一次地告诫我：“你别老笑，看上去特别不严肃。”他倒是挺严肃的，严肃得让人望而生畏。

严肃一点儿倒也罢了，最让人受不了的是那种动不动就喜欢摆脸色给人看的人。胡适先生在《我的母亲》一文中，结合母亲的经历说过一句名言：“我渐渐明白，世间最可厌恶的事，莫如一张生气的脸；世间最下流的事，莫如把生气的脸摆给旁人看。这比打骂更难受。”

胡适的父亲早逝，他由母亲一手抚养成人。在封建大家庭里做主母是一件很不容易的事，胡适在文章中写道：

> 大嫂是个最无能而又最不懂事的人，二嫂是个很能干而气量很窄小的人。她们常常闹意见，只因为我母亲的和气榜样，她们还不曾有公然相骂相打的事。
>
> 她们闹气时，只是不说话，不答话，把脸放下来，叫人难看；二嫂生气时，脸色变青，更是怕人。她们对我母亲闹气时，也是如此。
>
> 我母亲的气量大，性子好，又因为做了后母后婆，她更事事留心，事事格外容忍。……我母亲待人最仁慈，最温和，从来没有一句伤人情感的话。

母亲是对胡适影响最大的人，胡适自己这样评价：“如果我学得了一丝一毫的好脾气，如果我学得了一点点待人接物的和气，如果我能宽恕人，体谅人，我都得感谢我的慈母。”

母亲的言传身教，使胡适懂得：己所不欲，勿施于人，尽量不给人看一张生气的脸。民国风流倜傥的美男子多矣，但我觉得最好看的就是胡适。陈丹青夸他“完全是学者相，完全是君子相”，确实如此。

一群人合影，他可能不是最显眼的，但绝对是看上去最舒服的。而且他越老越好看，就像一块璞玉，因岁月的打磨而越发光彩照人。

相由心生，鲁迅的那张脸一看就是别人欺负不了的，而胡适的脸，则是一看就知道是不会去欺负别人的。

这张脸总是带着微笑，让人见了顿生亲近之感。季羡林回忆说，胡适最难能可贵的是待人亲切和蔼，见什么人都是笑容满面，对教授是这样，对职员是这样，对工友也是这样。

在我心目中，没有人比他更当得起“谦谦君子，温润如玉”八个字了。孔子口中的君子，我们谁也没有见过，可我想如果世上真有君子的话，那一定是胡适这个样子的。

几乎每个与胡适接触过的人都有如沐春风的感觉，温润是他性格的底色。他对身边的人大多温情脉脉，抱有一种理解之同情。在梁实秋的印象中，胡适从不说别人的坏话，也不喜欢别人在他面前说其他人的坏话，他有一句名言，“来说是非者，即是是非人”。他哪怕对谁有意见，见面时还是满面笑容，这是他为人的修养。

当然，我们普通人可能很难达到胡适这样的境界，但是至少可以做到一点，那就是尽量不摆出一张臭脸给人看。出门在外，如果碰到的人都脸黑得像包公，那心情肯定都会低落几分，尤其要注意的是，有些人习惯在外笑脸盈盈，回到家却面沉如水，这也是非常不好的。孔子他老人家说过，连牛马都知道奉养父母，所以物质上的回馈不算什么，关键是“色难”，脸色好一点儿才是真正的孝顺。我爸爸有这个毛病，因此我时常提醒自己，一定不要像他那样。

没有人不喜欢爱笑的人，古龙那句话早已被众人熟知，“爱笑的女孩子，运气总不会太差”。蒲松龄笔下的婴宁，更是人见人爱。婴宁堪称文学史上最爱笑的姑娘，她见花笑，见人笑，坐立也笑，笑得痛快淋漓；她拈花带笑，倚树狂笑，纵声朗笑，哧哧憨笑，笑得千姿百态，甚至在结婚时，她笑得不能弯腰，婚礼只得作罢，仿佛没有什么是不能惹她笑的。因为爱笑，她成了整部《聊斋志异》中最美的女子，永远活在千万读者的心中。

所以，为什么要吝惜自己的笑容呢？春风再美也比不上一张爱笑的脸，哪怕你一无所有，哪怕你穷困潦倒，你至少可以展示你的微笑。一张笑脸，就是对这世界最大的善意；和颜悦色，就是给这世界最好的温柔。

30

所谓情商高，就是会夸人

若说 2019 年什么最风靡，可能就要数夸夸群了。仿佛是在一夜之间，朋友圈总有人神神秘秘地说："谁有夸夸群，拉我进群吧！"

起初，我是有些不以为然的，什么夸夸群？不就是互相谄媚互相吹捧的群吗，听上去让人起一身的鸡皮疙瘩。像我这种耿直 girl（女孩），最受不了的就是这些玩意了，还是敬而远之的好。岂料接下来，不少玩过的朋友都向我热情地推荐："玩过夸夸群吗？来玩玩吧，保证把你夸出一朵花来！"

我忍不住心动了，就加了进去。那个群已经有十来个人了，大部分是认识且熟悉的朋友，在接下来的半小时里，我算是领教到了什么叫“全方位地用华丽的辞藻疯狂地夸奖吹捧”。我刚进群，群主就问我，你最想要哪方面的赞美？才华、长相还是别的？我毫不犹豫地选择了长相，毕竟，作为一个从事写作工作的人，才华横溢之类的赞美我没少听，但是长相嘛，作为一个长得并不是无可挑剔的女人，相对来说听到的赞美就没那么多啦！而哪个女人心中不想别人夸自己美呢？至少我就是这么肤浅。

群主心领神会，发出了一道指令：“朋友们，接下来你们知道该怎么夸慕容女神了吧？”

群主一声令下，顿时应者如云，随之而来的是铺天盖地的夸奖：

“女神，作家中你最美，美女中你最有才！”

“丽压徽因，才超冰心（一听就是个民国控）！”

“知性中透着灵气，灵气中带着妩媚，妩媚中含着聪慧，一身兼具熟女与萝莉的美！”

“我一直以为女作家都是因为长得不行才去写东西的，直到遇见你！”

“女神，我根本不敢接近你，只要靠近你五十米之内，我觉得就无法抗拒你的魅力了！”

“明明可以拼颜值，你偏偏还要拼才华，小姐姐你这样叫别人怎么活啊！”

…………

一席话说得我心花怒放。在此之前，我还真不知道，原来被一群人夸是这么爽的一件事。用套话来形容，就好比吃了人参果，每个毛孔都觉得舒坦。群主朋友告诉我，她也差不多，刚进夸夸群那会儿，每次一被夸，就感觉走路都像走在了云端，轻飘飘的找不到北了。

一开始我还比较矜持，后来我发现，大家都会撒娇卖萌，变着花样求夸：“失恋了，求夸。”“学习压力大，求夸。”“脱发厉害，求夸。”

…………

厉害的是，不管是什么样的内容，都会收到来自大家令人眼花缭乱的赞美。在这个群里，没有杠精，没有互喷，只有全方位、无死角的赞美和夸奖。自拍被夸，脱发也被夸，发生在你身上的一切都可以夸。

夸夸群火到什么程度呢？据说清华、北大这些顶尖学府都成立了好几十个夸夸群，学霸们夸起人来更是舌灿莲花。有一个大三的学生，曾经不小心把啤酒倒在了书包上，在夸夸群求夸，得到的夸赞让她意想不到：“背上带酒味的包去上课，你就是整条街最醉人的仔。”

这还不打紧，我听说还有一种付费求夸的，花 18 元就可以购买

5 ~ 10 分钟的“彩虹屁”夸奖服务，除了夸自己，还可以为亲朋好友定制各种各样的夸赞和祝福，包括生日、告白等。不过 5 分钟的时间一到，夸赞也就随之停止。此外，相对于某些高校的花式夸人，甚至吟诗作赋，只是有人反映说，这些付费得来的夸奖大多千篇一律，毫无新意。

对于夸夸群的兴起，批判的人认为，这种东西火得快凉得也快，不过是一种“速食文化”的体现，短时间内可能可以带来一些愉悦感，但是很快就会失去效果。因为你如果一天被夸十次，就好比糖吃多了，肯定也是会腻的，而且这种夸奖大多是泛泛而谈，缺乏针对性，所谓夸人也夸不到点子上，当然久了就会令人产生审美疲劳。

我却觉得，与夸夸群的正面影响相比，这么一点点的负面作用几乎可以忽略不计。在夸夸群兴起之前，网上最流行的是杠精（其实至今仍流行）。在网络的世界里，杠精无处不在，不管是多正面、多普通、多简单的一件事，他们都能找出“杠点”，他们无时无刻不在传播负能量。比较起来，夸夸群就要正能量多了，你夸夸我，我夸夸你，无形中将戾气化为祥和，不管是夸人的还是被夸的都皆大欢喜。

夸夸群这么火不是没道理的，因为我们每个人的心中都有被夸奖的欲望。以前有一部由刘震云编剧的电影叫《求求你，表扬我》，可见表扬和肯定是多么匮乏。是的，在我们这个文化中，夸人和被夸似乎都是一件难为情的事。我们那一代人，几乎都是在被否定和被打压的氛围中长大的，上一辈的父母好像很少想过要夸奖孩子，他们信奉的是打骂出孝子，生怕一夸奖，孩子的尾巴就会翘上天。

就拿我来说吧，我就是在这种环境中长大的。我读书的时候成绩还算出色，在学校总是名列前茅，可我真的很少受到来自老师和父母的表扬。成绩好的时候，他们觉得理所当然，成绩稍有滑坡，轻则疾言厉色骂一顿，重则皮开肉绽打一顿。在孩子的成长过程中，他们不习惯给予正面的肯定，而是习惯给予负面的批评，并美其名曰鞭策。在这种环境下长大的孩子，往往自信心不足，总觉得自己做得不够好，至少没有好到能让人表扬的程度。我就是这样，偶尔有个人夸奖我一下，我就会浑身不自在，总觉得自己配不上对方所说的溢美之词。

更可怕的是，这种思维模式是会一代代传递下去的，在批评和打击中长大的小孩，成年后会既不习惯被夸，也不喜欢夸人，甚至会变得挑剔、负面，在和人交往时，眼里只看得到对方的缺点，一不留神，就会变成传说中的“杠精”。说他们是杠精，他们的心里也很委屈，因为他们的初衷并不是抬杠，而是因为早就习惯了在鸡蛋里面挑骨头的思考方式。他们一说起话来就习惯怼人，在一个互怼成瘾的体系里，要想互夸是很难的。

这种背景下，才越发显得夸夸群的可贵，它让夸和被夸都变得理所当然。要说夸夸群的不足，可能是多了些套路，少了些真诚，尤其是如果全部是一群陌生人的话，夸着夸着就会变成尬聊。还有那种不论在什么情况下都无条件夸奖也令人尴尬，毕竟我们渴望的并不是随便做了什么都有人夸，而是当我们确实做得很好时，会有人发自内心地夸一句“Good job（干得好）”。

会夸人真的是一项了不起的技能，能够学到这项技能的人都情商超高。我中学时有一个女同学就是如此，她特别善于夸人，班上每个同学几乎都收到过她的赞美。她的厉害之处在于夸起人来特别真诚，而且特别能夸到点子上。成绩好的她就夸你聪明，不好看的她就夸你气质好，有一个男生长得又黑又瘦，成绩也一塌糊涂，结果她硬是从他身上找出了一个优点，夸他卫生搞得好，玻璃擦得特别干净，说得那个男生自信满满从此更加热衷于将教室打扫得窗明几净，在一个学期后他居然当上了班里的劳动委员。对夸他的那个女生，他自然引为生平唯一的知己，鞍前马后地为她服务了好几年。

在会夸人的人眼里，每个人都有他独一无二的闪光点，他们所要做的，就是找出这个闪光点，针对这一闪光点进行赞美。这真是一件功德无量的事，因为大部分人自信心不足，甚至不知道自己有没有闪光点，或者闪光点到底是什么。这时候有个人能够帮他指出来，那种感觉有如获得了新生。一句真诚的赞美，有时抵得过千言万语，让你感觉以前受过的那些诋毁和批评都是浮云。

我觉得我们每个人都需要一个夸夸群，人数不用太多，三五个就行，最好都是知心好友，大家都知根知底，这样夸起人来才有的放矢。有了这样一个夸夸群，就相当于有了一个充电站，每当在外面的世界受到委屈时，我们就可以暂时进去充个电，然后就能满血复活了。等到有一天，我们夸起人来就像呼吸那么自然，被夸的人也一点儿不觉得尴尬，生活应该就会变得美好多了。人生实苦，而夸奖和赞美就像一颗糖，足以让你暂时忘记大部分的苦。所以，我们在享受甘甜的同时，也别忘了做一个主动发糖的人哦！

31

与人为善，是父母教给我最重要的事

自从有了小孙子后，妈妈常常对我感叹，现在的娃真是太费钱了啊，弟媳奉行在自己力所能及的范围内给娃最好的生活的宗旨，从尿不湿到奶瓶都是特意去日本买回来的，仅奶瓶就买了十个，说要换着用，小小的一瓶婴儿护臀霜居然要两三百元人民币，这不是烧钱是什么？

对比起来，我和我弟完全是被穷养大的。我家是那种典型的单职工家庭，在农村叫“半边户”。爸爸是小学老师，后来做了校长，妈妈在家主持家务。他们经常周一到周五住在学校，周末回到家挽起袖子就下地干活。按理说这种家庭应该也不至于太穷，但不知道为什么，我们家就是很穷，比很多父母都是农民的家庭还穷，尤其是在我小时候。可能是爷爷去世太早，妈妈嫁过来时，家里过得一穷二白，以至于经常要去外婆家拿油、拿米。

幼时的我印象最深的一件事，就是我们去外婆家总是会提一个空篮子，回来的时候篮子总是装得满满的。读小学时我还穿过打补丁的裤子，有一次很馋小卖部的话梅，要三角钱，我拼命攒啊攒，攒了一堆分币，兴冲冲地跑进小卖部去一数，还差两分，老板娘可能见我可怜，说两分钱就算了。

家里穷成这样，自然是没办法在物质上富养孩子了，实际上连精心养育都很难做到，毕竟有那么多农活要忙。

因此我妈经常念叨："以前家里真是太穷了，真是苦了你们了。"我却总是摇摇头，告诉她我小时候挺开心的。这并不是假话，尽管童年时期物质生活特别贫乏，但好在爸妈乐观开朗，用他们的一言一行教会了我很多做人的道理，其中最重要的一点就是与人为善。

我爸爸是那种朋友特别多的人，男女老少都和他合得来。对这一点我是很羡慕的，我还曾经虚心向他请教其中的诀窍。爸爸想了想，告诉我说：要想朋友多，无非不计较得失，对人好。

爸爸少孤，他十几岁的时候爷爷就去世了，他是长子，自然而然挑起了一家人的重担，得照顾几个幼小的弟弟妹妹。即便如此，他待朋友还是非常慷慨。在我的印象中，我们家的饭桌上几乎每顿饭都有不同的叔叔伯伯，他们都是我爸的好朋友。现在大家都富了，多一个人吃饭不过是添双筷子的事，可在以前那种相对拮据的年代里，能够长年累月招待朋友的人那是真的慷慨大方。在饭桌上，爸爸总是招呼他的朋友吃肉喝酒，自己却只吃一点儿辣椒下饭，没办法，家里条件有限，酒肉都得先让给客人们吃。

朋友间总免不了打打牌、聚聚会，这样的场合大家最喜欢叫上我爸，因为他牌品好，宁肯自己输，只要朋友们开心就行。我妈有时看不过去，说什么狐朋狗友啊，都拿你当冤大头呢，爸爸却正色地告诉她："人家看得起你才会叫你去打牌，都是朋友，输点儿钱算什么。"

不仅如此，他还常常扮演"及时雨"的角色，只要朋友有困难开口向他借钱，他几乎没有不借的。但作为一个穷得叮当响的民办教师（后来终于转正了），在钱的方面他往往自顾不暇。尽管如此，他甚至会为了朋友贷款去当地信用社做担保，为此我妈经常担惊受怕，生怕信用社找他的麻烦。

爸爸还特别爱帮忙。他长期担任小学校长一职，在我们镇上也算是有点儿人脉，谁家娃要插个班、谁家有人生病了要挂个专家号什么的都爱找他帮忙。在他的朋友圈，甚至流传着一句话："有事找校长。"有些忙看起来虽然是举手之劳，但其实可以看出一个人内心的体贴。上次在老家时，我们正在吃饭，一个邻居捂着流血的手指头跑进来，讨要一张创可贴。我爸赶忙上楼去拿。不一会儿，他拿了两张创可贴出来，其中一张马上给邻居包扎好手指，另一张让她拿回去留着替换。

第二天他自己的手指在干活时不小心被割伤了，却没办法包扎，因为家里仅有的两张创可贴昨晚已经都给邻居了。

从这件小事上，我不禁深深感叹老爸在做人方面真是胜我多矣。如果是我的话，我可能只会给一张创可贴，不会想到要多给一张让人家替换。

我妈呢，本来是一个有些计较的人，可能是跟我爸在一起生活得久了，耳濡目染之下，也变得越来越替他人着想。有一次，我妈去隔壁一位婶婶家借东西，结果东西没借到，反被看门的狗咬了一口。她的第一反应是不要声张，她只告诉了我奶奶，然后自己一个人跑到镇上去打狂犬疫苗。后来那个婶婶知道了这事，上门来给她送打疫苗的钱，我妈非不要，理由是那家人的经济条件不太好，她不忍心让人家破费。

在我的孩子一岁时，我妈已经致力于让他发扬这种与人为善的家风，总是鼓励他把自己的玩具和零食让给其他小朋友。在她的培养下，我的孩子一见小朋友就往人家手里塞好吃的、好玩的，我也夸他是个“博爱和谐”的好娃娃。我们生活的中山在对外宣传时一直自诩是博爱之城，我妈说：“不愧是孙中山的故乡养出来的小孩啊，这么小就具备中山精神了。”

“和朋友出去吃饭一定要抢着买单。”

“别人找你帮忙时能帮的就尽量帮，帮帮人又不会少一块肉。”

“不管世道如何，一定要坚持做一个好人。”

“朋友有了困难，能帮多少就帮多少，锦上添花太容易，雪中送炭最可贵。”

…………

这些话他们说得不多，但我一句句都记在了心上。父母对我的教育，基本上是那种润物细无声的潜移默化，他们从来不会将自己的人生观、价值观强加在我头上，也不会一本正经地指点我：丫头啊，这个你该如何如何。当了三十年小学校长的老爸尤其深知以身作则的教育原理。

其实对于与人为善的这一套原则，我曾经深深地质疑过，觉得不就是滥好人吗？何况我爸为了所谓的义气，确实曾被人坑过。他有一个朋友和他一起合伙开过养猪场，托他去信用社做担保贷款，他本着对此人的充分信任答应了，可没想到那人原来是个赌鬼，欠了一屁股的赌债，自然还不起贷款，这下可苦了我爸，他作为担保人，只得东挪西借，去偿还那笔在当时来讲称得上巨款的债务。经过这样的事后，他是不是就此丧失了对朋友的信任呢？答案是并没有。他仍然像以前一样热心待人，仗义疏财，只是在我妈的严格监督之下，再也不敢轻易给人家的贷款做担保了。

等到我年岁渐长，在爸爸妈妈的身上，终于领悟到好人有好报的古话并没有错，古人诚不我欺。在这个恶人横行的世界里，如果要坚持做个好人当然是要付出些代价的，就像我爸那样，难免会吃些亏，上些当，但归根结底，他得到的友情和温暖还是远远多于欺骗和狡诈的。以十二分的真心待人，至少能收获十分的真心；以十二分的善意待人，至少能收获十分的善意。这样的人生，当然不会太差。我爸妈这辈子没升过官、没发过财，可幸福感还是挺高的，因为他们活得坦然，活得大气，周围的亲朋好友对他们的认可度也特别高。

在我妈生我的时候，家里真的很穷。物质上的贫乏确实是一种缺陷，但良好的教养有时和物质没多大关系。一对父母是否能够把孩子培养成才，很多时候并不取决于物质，而是取决于爱与观念。所以说，真正的教育拼的就是爹，但不是爹的钱。对孩子来说，身教远远胜过言传。与其疯狂追逐学区房，不如把自己打造成孩子的好榜样。

我的父母可能也没想到，他们平常向我灌输的一万句教育圣经我都没听进去，反而是他们生活上的言行举止给了我莫大的影响。他们虽然没什么钱，却教会了我如何去做一个善良的人。他们当然不是完美的父母，有着大大小小的缺点，所幸他们送给我的这件礼物，已足够让我受益终身。原来所谓的血脉相承，并不仅仅指血缘关系，更是指相处数十年之久的那个人，完全融入了下一代的生命之中。我的生命正是由于有了父母的印记，才更加深邃而宽广。

我曾经也对父母有过诸多不满，近年来才重新看到了他们身上的优点。如果能够完全学到他们身上的闪光点，按理说我应该是一个人格很完善的人。现在的我之所以还浑身毛病，多半还是因为自己学得不够好。我现在也是做妈妈的人了，同样没什么钱，但我希望自己能把父母教给我的东西，再教给我的孩子。这样的话，他未来也许不一定成功，但至少会比较快乐。

32

你在网上的样子，暴露了你的修养

有一阵我关注了一个新兴的网红，风格有点儿像大火的李子柒。她住在一个与世隔绝的寨子里，每天分享一些山居生活：春天到茶园摘茶叶，上山采金银花制作花茶；夏天自己种西瓜，等瓜成熟后就放在井水里冰着，想吃的时候就捞一个出来切了；秋天去果园里摘橘子，吃不完的做成橘子罐头；冬天……冬天还没到，她就停止更新了。

作为一个势头正在上升的网红，怎么会停更呢？可能是因为随着她的走红，负面的声音也越来越多。有人质疑她根本就不会干农活，那些种植收割的姿势一看就是摆拍的；还有人吐槽她不知民间疾苦，就知道为自己吸引流量，完全没有考虑帮果农卖橘子；还有人看她长得漂亮，于是满口污言秽语，近乎口头上的性骚扰……

这姑娘本来一直生活在寨子里，是在无意中走红的，哪里见过这样的阵仗？一开始她还在批评她的话下面弱弱地解释着，却发现根本就没人听她的解释。那些犀利的评价明显超出了她的理解范围和承受能力，后来她就索性停更了。

我和她在私下有过联系，于是问她为什么不更新了。她回复了我一句话："我没有得罪过任何人，也没有针对过任何人，那些骂我的人根本就不认识我，更不了解我，他们为何这样对我？"

我没法回答她的问题，只能告诉她，这个问题也曾经深深地困扰过我。想当年，我在网上也是红过的，当然红的程度远逊于这位姑娘。大概是在 2014 年，我开始在豆瓣密集地发文，最开始是因为我给豆瓣上的"这么"写了篇书评，偶然间发现，原来这里还可以写日记（原谅我吧，太白痴了），于是就信手发了几篇。意想不到的是，这些内容一下子就上了首页，每天都有许多人嗷嗷待哺地守在豆瓣上，说是为了等待看我的新文。于是，我似乎在一夜之间变得很火了，成了传说中的豆瓣红人。最高峰时一个月之内粉丝就增加到一万，竟然有人给我发豆邮，说想让我帮忙发小广告，关键在于还会给钱（为了坚守自己的原则，我没有发）！编辑们也一个个地出现了，向我约稿。晕头转向之下，我还真以为自己红了。

豆瓣是一个相对小众的网站，并不像天涯论坛、新浪微博那样有非常大的流量，所以这种所谓的红，只是在一个很小的圈子内，也就是说根本没有红出圈。我是从天涯转战豆瓣的，身上那种天涯论坛的气质很重，写起文章来嬉笑怒骂，和豆瓣当时流行的小清新风气并不一致。可能正因如此，豆瓣上看不惯我的大有人在。我每发一篇文章，总会有一些人在那酸酸地说，写得也不怎么样嘛，凭什么就能上首页呢？

对于这种酸言酸语，我一开始只是抱着一笑置之的态度，直到我写了一篇叫《女文青有毒》的影评，这下就是无意中捅了马蜂窝，一群以女文青自居的人立马跳出来骂我，什么难听的话都有，有人甚至直接问候我的祖宗十八代。当时的我简直一脸蒙，因为那就是一篇调侃的文章，完全没有嘲讽女文青的意思，如果有，那也只能算自黑，毕竟我自己就是一枚如假包换的女文青，我为什么要去攻击自己以及自己的同类呢？

可我的这些解释根本就没人愿意听，我越解释，那些骂我的人就越来劲。我简直怀疑，这些人的小学语文是不是从来都没有及格过，不然的话，为什么她们连最基本的阅读理解能力都没有呢？

看到解释不通，我只得把评论关了，这下有些人更加火大了，因为再也不能畅快地骂我了，于是她们发泄愤怒的方式变成了跑到我的每一篇文章的评论区去痛骂，火气最大的那些人，还特意注册了小号去微博上骂我。

我的心态，则是从懵懂到愤怒再到无语。我真是不明白，这些人跟我到底是有多大仇多大怨，搞得一个个好像和我不共戴天似的。事实上，我招谁惹谁了？我根本就没有伤害过任何人啊！那一阵我真觉得自己比窦娥还要冤，人在家里坐，祸从天上来，只不过是闹着玩写点儿文章，居然要被人骂到这种程度。

迷茫中，我曾经发豆邮给当时的豆瓣第一红人张佳玮求助，说想不通为何会如此。张公子真是很有风度，百忙之中回邮件宽慰我说：“豆瓣嘲讽谩骂的措辞，也不比别处更厉害。说到底，宽以律己、严以待人，又有阅读障碍和受迫害妄想症的人，哪个社区都有，有机会就会跳出来嚷嚷两句，习惯就好啦！像你写那样臧否品评的文章，当然难免会有人觉得‘一千个人有一千个哈姆雷特，你说的不是我心中的那个，所以我要对付你’，于是跳将出来。”

这件事至今回想起来还让我心有余悸，初次领略到了在网上被一群陌生人攻击是多么可怕。敌在暗，我在明，只能眼睁睁地沦为众矢之的。后遗症是我对在网上写作这件事忽然之间丧失了兴趣，不知道该写什么，也不知道该怎么写。我担心无论写什么、怎么写都会挨骂，想起来可能只有去歌颂一下美丽的田园风光了，这样挨骂的风险最小。

可这个网红姑娘被攻击的事又一次刷新了我的认知，原来即使只是歌颂一下美丽的田园风光，也免不了被骂啊！原来被骂就是一种宿命，只要你在网上还有一点儿人气，只要你在表达自己对生活的观点，那你就逃脱不了这种宿命。就跟这个姑娘一样，她走的路线已经够人畜无害了，可还是难以避免被人骂成“岁月静好婊”。在有些人的眼里，所有自己看不惯的人都可以加上“婊”字作为后缀，什么“绿茶婊”“女权婊”“汉子婊”，简直到了“无人不婊”的地步。

你以为他们只是看不惯你，不是的，事实上他们看不惯所有人。我们在哪都可以看到这类人的身影，她们热衷于挑刺，热衷于抬杠，热衷于无差别攻击。后来我发现了，在日常生活中越㞞的人，在网上就越牙尖嘴利。现实中他们受了气只能畏畏缩缩地忘掉，但在网上却任性肆意起来，想骂谁就骂谁，想骂多狠就骂多狠，借此来发泄自己在现实世界中积攒的一腔怨气。他们这样做无非仗着网上谁也不认识谁，不管怎么攻击人都无须承担任何代价。

很多人在现实中和网络上的表现完全是割裂的，现实中为了公序良俗他们可能不得不伪装一下，可到了网上就无所顾忌地卸下了伪装。在互联网时代，看一个人最好是看他在网上的表现，一个人对待陌生网友的态度，最能暴露他的本质和修养。真正有素质的人，是不会随便在网上攻击他人的，只有那些毫无修养的人，才会见谁都撕。这种逮谁咬谁、随便喷人的样子真的好丑。

他们在攻击人的时候完全没有考虑到，对方并不是一个冷冰冰的网络ID，而是一个真实的、有血有肉的人，会生气、会伤心、会疼痛，他们那些不假思索就说出口的话，给对方造成的是实打实的伤害。正是因为喷子太多了，网络世界才变得比现实世界更加戾气横生。

古人一直有“君子慎独”的说法，指的是在无人监督时最能体现一个人的品行。网络时代，或许我们最需要修炼的就是慎独的功夫，越是在隐蔽的、没有熟人看得到的地方，就越是要严格要求自己的一言一行。在网上喜欢攻击他人的人，缺少的恰恰是慎独的能力。真是奇怪，大多数人在生活中力求做一个好人，却在网上暴露了狰狞的一面，不惮做一个天怒人怨的坏人，难道这是因为人性本恶吗？

在我看来，网络文明守则至少应该包括两条：一、不要做喷子；二、远离喷子。依照我个人的经验，如果你不幸遇到了喷子，一是不要解释，二是不要争论，你永远都说服不了一个事先就对你有偏见的人，就像你永远都叫不醒一个装睡的人。所以，为什么要浪费口水呢？省点儿精力和自己喜欢的人说说话多好。

最重要的是，不要动气。喷子们就是想把你气得七窍生烟，你一动气，就是正中了他们的下怀。下次遇到这种莫名其妙的攻击，赶紧拉黑了事，然后正常过自己的生活。或者像我这样，把争论的力气省下来，写一篇文章挣点儿散碎银子，这不也挺好的吗？

33

愿有一个人，可以治愈你所有的伤

（1）

我遇到过一个秀恩爱秀得丧心病狂的案例，简直让单身人士受到了一万点的伤害。我看了之后深受感动，一时手滑转发到了同学群里。

女同学甲马上跳出来说：“瞎编的吧？怎么可能有这么好的男人。”

女同学乙连忙附和：“就是，现在的公众号写手，为了吸引关注度什么都敢瞎编。”

女同学丙：“这么暖心的男人，怕是只有去言情小说里面找了。”

女同学丁："要按这个标准去找，估计一辈子都嫁不出去了。"

我暗自诧异，这些女同学，除却个别失婚的，大多是结了婚的，莫非她们嫁的老公，和我嫁的完全不是同一种生物？

在我看来，秀恩爱的故事中的那些描写，尽管夸张，却并不离奇，因为男主角为女主角做的那些傻事，某位同学也没少干。

我很想辩驳说：这样的男人真的有啊，就在本群，还和你们在一个班读过书呢……

想了想，我还是选择默默地把这句话憋了回去。

可以想象，如果我不幸没有憋住，姐妹们闪着小火花的唇枪舌剑，就会一支支嗖嗖地射过来，标的物不再是秀恩爱的人，而是我了。

（2）

作为一个爱胡编乱造言情小故事的小写手，很多朋友爱问我，慕容同学，你写过那么多故事，怎么就从来不写写自己的爱情故事呢？莫非……

莫非之后跟着一串省略号，潜台词是各种遇人不淑、各种婚姻不幸、各种无恶意的揣测，真令人惊叹，我们中华文化，真是博大精深！

我暗自打了个冷战，心想写就写吧，谁怕谁呀！

可我决心才下，摆在我面前的就是一道难题：我该如何称呼某位同学呢？

叫他L君吧，太文绉绉，不符合我一贯锋芒毕露的风格，何况乔一早就捷足先登，用F君来称呼她的心上人，令后来者难以为继；

叫他李同学吧，太过质朴无华，何况李是天下第一大姓，大街上叫一声李同学，一百个人中怕是有十个人回过头来，辨识度太差了点儿；

至于他的本名，那叫一个伟光正，和言情小说中的男主角身份完全不搭，这里就不透露了，大家可以按照建国、国柱、和平一类的路数去想象。

可见言情小说不是人人都能写的，光是一个名字，已经难倒了无数人。

后来有一次，我们一起去南方旅行，路过苏州时和网友虫子在线下见了面。天涯论坛火的那会儿，虫子是其中一个版块“仗剑天涯”的版主，我在这个版块连载过读金庸的帖子，混着混着就熟了。

这小子几乎熟读过我写的所有东西，也没拿自己当外人，一见面不等我介绍，就打趣说：“哟，这位是家明吧？”

我含含糊糊地点了点头，某人完全摸不着头脑，还问我：“家明是谁啊？”

家明是谁？

读过亦舒小说的都知道有这么一号人，家世清白，性格纯良，永远的后备男二，女主落魄的时候有他陪伴，女主伤心的时候有他安慰。

身为师太的脑残粉，我很为家明感到不平，索性将他的名字拿为己用，用作我小说中的男主角。

虫子肯定就是看了那本小说，才叫某人“家明”的。

这真是所谓的“踏破铁鞋无觅处，得来全不费工夫”。

家明，可不就是最适合他的名字吗？简简单单的两个字，亲切、温馨，让人想起邻家哥哥，一如他给人的感觉。

他就是我的家明，我落魄的时候有他陪伴，伤心的时候有他安慰。只不过，他是我的第一男主，不是后备男二。

（3）

我一直不知道该用什么词来形容家明同学，直到“暖男”两个字横空出世，才发现原来眼前的这个人就是传说中的暖男。

我们认识超过十五年，相恋超过十年，想到和他有关的事，没什么惊天动地的，都是一些很温暖的小事。

我不会开车，练车时老被教练骂，有一次教练一个不注意，我直接把车开到墙上去了，还好没油门，不然会酿成重大事故。

我面色如土地给他打电话，说：“我再也不想练车了。”

他说：“不想练就别练了，反正有我做你的司机。”

从那以后，他就成了我的专职司机，随叫随到的那种。

他的工作时间较为机动，我的工作经常需要出门采访，他常常把我送到目的地后，过一阵再来接我。有时他担心我办完事要等，就干脆哪儿也不去，坐在车上等我。

有一次开会足足开了三四小时，一走出会议厅的门，我就看见他的车还停在那里，车里的人却因为久等无聊，已经睡着了。

我有点儿内疚，推醒他说："下次如果开这么久的会，你一个人先走好了，我打车回去"。

他笑笑说："没什么，这个地方特别难打车，打不到车你又得急。"

久而久之，同行的姐妹们都知道我有这么一位司机，一位同行遇到了他好几次，终于忍不住问我："他是不是经常这样送你过来，陪着你办事情啊？"

我老老实实地说："是啊，怎么了？"

她感叹道："你啊，真是身在福中不知福啊！"

那时我才知道，并不是每个男人，都有耐心数年如一日地接送爱人，从不抱怨，也从不懈怠。我原本天真地以为，那是理所当然的事。

（4）

网上曾经有一个帖子很火，主题是"有没有那样一个人，你随时随地给他打电话，他都会跑过来接你"。

我很欣慰，他就是属于我的这样一个人。

有一次我去深圳和同学聚会，玩得不亦乐乎，以至于忘记在网上订票了。准备回来时我跑到高铁站一问，当天没有到广州的票，只能先坐到虎门。

我傻眼了，打电话问他怎么办。

他想也没想就说："那你坐高铁到虎门，我开车到虎门去接你。"

深圳到虎门的高铁只需要半小时左右，我出了站，发现他已经到了，说不感动是假的，但没想到我脱口而出的第一句话居然是："你开这么快，没收罚单吧？"

我爱热闹，喜欢出去和朋友疯玩；他性子安静，每次送我到了朋友那儿，我就对他说："你可以走了，等结束了来接我就行。"

朋友笑我说："原来真爱就是有那么一个人，愿意为了你招之即来，挥之即去啊！"

我是路痴，方向感极差，有一次让他来接我，说了半天也没说清楚自己所在的位置，心里一急，就跟他说："你快儿点来，我正好就在月亮底下。"

他在电话那头嘿嘿一笑，说："我也正好在月亮底下呢！"

梁实秋说："你走，我不送你；你来，无论多大风多大雨，我都要去接你。"

他是一个不太热爱文艺的男人，这样的情话，他说不出来，这样的承诺，他却全部做到了。

（5）

知乎上有一个热门问答："有一个会做饭的男友是一种怎样的体验？"

作为一个资深吃货，我觉得自己最有资格来回答这个问题。

刚恋爱的时候，我们住在穷乡僻壤，连下馆子的地方都没有，只好自己动手做饭。在经历了饭烧焦了、菜炒煳了等一系列惨剧后（肇事者当然是我），做饭的重任就彻底落到了家明同学一个人身上。

他做的剁椒蒸鱼很好吃。鱼要买新鲜现杀的大头鱼，一整条买回来，简单处理后放一层密密的剁椒上锅蒸，熟了之后再烧热油浇上去，那鲜辣，无与伦比。我每次都能吃掉一整条鱼。

他做的啤酒鸭很好吃，鸭子切得极碎，加姜丝、蒜片、干红辣椒爆炒至五成熟，倒上大半瓶啤酒焖熟，秘诀是不加水，才能没有土腥味。买鸭子他总是要有头的那一边，因为鸭头是我的最爱。

他会做的菜还有酸辣鸡杂、孜然牛肉、水煮肉片……

等等，我突然发现，他最擅长的拿手菜，都是我最爱吃的。或者是因为我爱吃，所以他做得多了，才会越来越拿手？

我喜滋滋地告诉他这一重大发现，宣称"没准我就培养出了一代名厨"。

他笑笑问我："能告诉我你擅长做什么菜吗？"

我惭愧地摇了摇头。

他说："没事，你擅长吃嘛！看你吃得那么欢快，我做菜才能做得开心。"

这厮，真不是讽刺我吗？怎么我不仅没生气，还有点儿小感动呢？

（6）

说到吃，我想起来两件小事。

我是一个吃货，特别爱吃各种零嘴。我们刚在一起时，我每次去他那儿，他总会去超市买上一大袋零食，放在橱柜里等我去了一起吃。那超市离他住的地方挺远的，没有车直达，得走好几千米的路。

有一次我走得急，他买的零食还没来得及吃就回去了，我临走时开玩笑地嘱咐他："柜子里的零食都不许动，等我来了再吃。"

过了两周再去，我打开柜子一看，里面居然还是满满当当的，什么爱辣鸡爪、劲仔小鱼，一点儿都没动，有一包话梅被我拆过封，只剩几颗了，就连这他也没舍得吃，拿一个夹子夹住了开口，保管得妥妥当当的。

我问他："你就不馋吗？"

他说："想着要留给你吃，就不馋了。"

这就是书上所说的秀色可餐吧！我这么想着，不敢说出口，怕他笑我酸。

在吃的方面，我经常突发奇想，想吃什么，半夜都能从床上爬起来去买，遇见他以后，就变成了让他去买。

像半夜突发奇想让他给我去买双皮奶这样的事情，我也干过。

那时他还没买车，见我躺在沙发上边咽口水边怀想双皮奶的美味，二话没说拿着钥匙就出了门。要知道，我喜欢吃的卖双皮奶的那家店，叫“老凤城”，从住的地方过去，得转两趟车。他那时还是个穷学生，没特殊情况是舍不得打车的。

那一碗双皮奶的滋味，至今我还记得，真甜啊，还冒着热气。

我回想起来有点儿汗颜，问他会不会觉得深夜去买双皮奶这样的要求太无理了。

他一脸茫然地回答，不会啊！

也许，爱一个人就是这样，你对他提的所有无理要求，到他那里全成了合情合理，只因为他心甘情愿。

（7）

我们曾经有过两次漫长的异地恋经历。

前一次，我在长沙读研，他在家乡工作；后一次，我毕业到广东工作，他还在长沙没过来。

来广东之前，我临行的时候，他叮嘱又叮嘱，吩咐又吩咐，从晚上一定要锁好门说到炒蛋炒饭时要先放蛋后放饭。我只是将头扭过去，强忍住眼中的泪水。

一个人住在空荡荡的房子里，我告诉自己要坚强，好好学习，努力生活。我好像也做到了，虽然心里有点儿空，但日子还是一天天这样过下去。

直到有一天深夜，没有吃晚饭的我被肚子的叫声唤醒，还没开灯，我习惯性地伸手推他："我好饿，起来给我煮面吃。"

我这才发现，原来最亲爱的人不在身边。我想起来，也是这样一个寒冷的夜晚，他穿着单薄的衣服起床给我煮泡面，端着热气腾腾的泡面，他却冷得直哆嗦。

我打开手机，时间显示已是凌晨两点半，我在黑暗中哭得像个小孩，仅仅是因为怀念一碗装满了爱的泡面。

（8）

我写过一个故事叫《追随他的脚步》，里面那个痴情的女孩子为了追随意中人的脚步，从美国一直流离到深圳，但最终还是求而不得。

我和他的故事正好相反，是他在追随我的脚步。我性格不安分，爱折腾，从家乡到长沙，从长沙再到广东，读书、考研、工作，一直折腾个没完。

他呢，本来是一个很安稳的人，可从来不反对我折腾，还积极地用行动配合着我的各种折腾。他说："爱一个人不是卸下她的翅膀，而是陪她一起飞。"

原本我们两个人都在家里教书，我先考上了研究生，他想着，分隔两地不是个事儿，于是也决定考研。

那真是一段很穷的日子，可我们厮守在一起，居然也过得乐哈哈的。我们租了一间小小的民房住下，小屋里放了一张床和一张书桌后只剩下小小的空间，他说："不要紧，刚好够我们站起来拥抱。"

这个城市太喧嚣，天空是一成不变的阴云密布，有拥挤的公交车和吵吵闹闹的居民。这个城市不属于他，也不属于我。

但我们还是很努力地在这里生活下去。他每天去图书馆，埋头在恍若天书的考研资料之中。而我为了两个人的生活，在外面兼职上课。

学校很远，要坐快一小时的车才能到。清晨起床时他总是要我多睡一会儿，然后用并不强壮的手臂紧紧地搂着我。那几分钟的拥抱让我即使在微雪的冬天等车时，心里仍残留着些许暖意。

我记得那时湖大外面的堕落街还没有拆，那里有最好吃的铁板鱿鱼、最平价的牛肉火锅和最地道的刀削面。我们最常吃的就是刀削面，小碗三块，大碗四块，两个人埋头痛吃，将面汤也喝得干干净净。我总是感叹，等哪天有钱了，刀削面一叫就是两碗，吃一碗，倒一碗。

堕落街有一个红苹果饭店，干锅肥肠仅需十六元一份，每次过生日的时候，我们最爱去这家店打牙祭。还有一家物美价廉的电影院，十元钱可以买六张票，足够两个人看三场电影。我们和隔壁的一对小情侣相伴去看过世界杯，两个男孩子都喜欢阿根廷，结果那一年阿根廷输了，我们走在堕落街上，宛如丧家之犬。

后来这些细节都被我写进了《那个陪你一起吃苦的姑娘，怎么没能陪你到最后》这个故事中。

幸运的是，那个陪我一起吃苦的男孩，从未松开我的手。他很快考上了研究生，日子慢慢变得越来越好。我们也很少吵架，并没有成为故事中的那对怨侣。

（9）

我和家明是中学同学，可读书那会儿，都各自有喜欢的人，并没有成为学生情侣。

学生时代的他，称得上风流倜傥，脸上总是挂着笑容，对谁都一脸温煦。

这样的做派，收获了不少少女的芳心。若干年后同学聚会，大家玩起了真心话的游戏，说起当年暗恋过谁，又错过了谁，我暗暗盘算了一下，家明同学赫然排在被暗恋的男生前三。就连众星捧月的班花，也坦言曾经喜欢过他。

别说，班花当年和此人还一度走得很近，闹过绯闻呢！

“后来怎么不喜欢了呢？”我问她。

“还不是见他对哪个女生都挺好的，觉得这人肯定就是个花花公子。”班花说。

某人一脸无辜：“我哪有！”

班花振振有词地说：“明明有，我看你那时特别轻浮，见了谁都想调戏一把的样子。”

家明同学自觉比窦娥还冤，私底下向我解释说，那是因为班上男少女多，他不忍心冷落任何一个，所以对哪个女生都比较友好，谁知道竟成了风流罪证。

“我真的长着一张见谁都想调戏的脸吗？”他问我。

“就是。我当年就是被你这张脸骗了。”我仰天长叹，做痛心疾首状，“原本以为你是一个风流公子，结果没想到，完全就是老实人，真是虚有其表啊！”

某人看着我，一脸黑线。

其实他真是被冤枉了，他就是那种对所有人都很好的人，总是把家人、朋友的需求看得比自己还重。以前在家里上班的时候，楼下有个中年妇女最爱找他聊天，吃饭时都捧个饭碗到他办公室吃，为此他还赢得了“妇女之友”的美誉。

他对自己喜欢的人和普通的女性朋友都很暖，可那种暖的度是不一样的，前者是毫无保留、贴心贴肺的，后者则是恰如其分、有一定距离感。这样的人，用善意对待身边的每个亲友甚至陌生人，和那种对全世界狼心狗肺、唯独对你掏心掏肺的所谓“暖男”相比，我更喜欢他这种处世方式。

（10）

回想起来，遇到他的时候，正是我人生中最灰暗的时期。上一段恋情伤我伤得特别深，前男友狂躁起来就像暴君，动不动就大发脾气，我们犹如针尖对麦芒，谁都不会退让。

和他在一起后，我才发现，原来好的爱情可以让人如沐春风；原来爱情不单单能致郁，还能治愈；原来和对的人在一起，可以这样自在欢喜。

他真的治愈了我。

我从小有感情方面的匮乏症，爸爸妈妈的脾气都有点儿偏简单粗暴，在跟他一起生活后，我才领略到被人捧在掌心呵护的爱是什么样子。

我们相识超过十五年，相爱超过十年，这些年里，他对我从未疾言厉色过，吵架时顶多跑出去生生闷气，回来时又是云淡风轻的样子。

我晚上睡觉有踢被子的习惯，冬天他总会起来帮我盖几次被子，早上我还赖在床上时，他起床会习惯性地帮我掖被子。

我是资深痛经患者，每次“姨妈”来的时候，他都会帮我泡好红糖姜茶，替我准备好止疼药。还照着网上说的为我按摩穴位，虽然没什么用，但还是让人心里暖暖的。有一次我疼得迷迷糊糊的，都快睡着了，他还在那里一丝不苟地按着。

熟悉我的朋友都知道，我任性、骄傲，发起脾气来火暴得吓人，就是这样一个不温柔、不漂亮的我，却始终被他全心全意地宠着，宠得无法无天。

有时候我忍不住问他：“如果你喜欢的是另外一个女孩子，会不会对她也这么好？”

他低声说：“可是，我喜欢的是你啊！”

相爱这么多年，不可能没有摩擦，严重的时候我甚至想过是不是分开算了。可每次都舍不得，因为我心里很清楚，再也没有一个人，会比他对我更好。

就像梁静茹在一首歌里唱的那样：全世界你最温暖，肩膀最让我心安。

小时候看《红楼梦》，最喜欢宝玉那样温柔的男子。没想到长大后，我居然碰到了和宝玉一样对万事万物都温柔相待的男人。纵然全世界都爱霸道总裁，我还是觉得，温柔是一个男人可以给予女人最珍贵、最稀缺的品质。

写下这些碎碎念的话，是想告诉所有姑娘，纵然你曾经为爱心碎过，也永远不要对爱情失望。总会有一个人，爱你如生命；总会有一个人，让你能够原谅之前的生活对你所有的刁难。

别去怀疑，这世上，确实存在美好的爱情。

你只有相信，奇迹才会降临。

34

别让你的爱，变成对方的负累

学妹雯雯最近谈恋爱了，可能是因为我写过一些情感类的书，她有时会将我看成半个情感导师，有什么感情问题都爱找我倾诉。

起初，对于这类问题我还是能耐心解答的，可最后的结果，往往是以我陷入抓狂告终，我们聊天的画风通常是这样的——

雯雯：我给他发微信，他为什么总是做不到秒回？

我：也许他在忙吧，你不是说过他工作特别忙吗？

雯雯：说是这么说，可一个人再忙，也不会忙得连微信都没时间回吧！

我：那他最后回了你没有？

雯雯：回是回了啊，但那都是一小时之后的事了。

我：他有没有跟你说为什么回晚了？

雯雯：不就是说工作忙喽！

我：那你可以在他不忙的时候再给他发，比如晚上啊！周末啊！

雯雯：那我做不到，我想他的时候就得给他发微信。

我：那你多久想他一次呢？

雯雯：学姐，不怕丢脸地说，我二十四小时都在想他啊！

我：那你也不能二十四小时都给他发微信吧，毕竟人家还要工作。

雯雯：我已经尽量控制自己了，可有时太想他了还是忍不住啊！

我：所以你到底多久给他发一次微信呢？

雯雯：一般半小时发一次吧，我控制不住我自己。

我：……

恋爱中的雯雯，除了为男朋友发微信不秒回烦恼，还有一大堆诸如此类的烦恼，比如：男朋友为什么周末宁愿宅在家里打游戏，也不愿意陪她去逛街？男朋友为什么偶尔下班后会去酒吧和狐朋狗友们一起看球，而不是天天和她厮守在一起？她想不通，自己为了男朋友，可以拒绝闺密们的一切邀约，只为了他无意中说起想喝汤，就可以花整个下午为他煲一锅老鸭萝卜汤。她永远把他放在第一位，恨不得二十四小时都跟他黏在一起，可他居然对她说：给我一点儿私人空间好不好？

“Excuse me（请原谅）？要私人空间的话，还谈恋爱干吗？”说起这些，雯雯总是有些怨念，她不止一次抱怨：“我这么爱他，他却宁愿一个人待着，是不是因为他根本就不爱我呢？”

我听了不禁苦笑，雯雯烦恼的问题，从古至今千千万万的女人都为之烦恼过，她们热烈地爱着一个男人时，总期待着对方能回报给她同样的热情，却忘了，男人和女人本来就完全不同，双方的思维方式、感情模式完全不一样。

有关这种差异，毛姆在书里曾一针见血地指出：“一般来说，爱情在男人身上只不过是一个插曲，是日常生活中许多事务中的一件事，但是小说却把爱情夸大了，给予它一个违反生活真实性的重要地位。尽管也有少数男人把爱情当作世界上的头等大事，但这些人常常是一些索然无味的人……男人们即使在恋爱的短暂期间，也不停地干一些别的事分散自己的心思：赖以维持生计的事务吸引了他们的注意力；他们沉湎于体育活动；他们还可能对艺术感兴趣。作为坠入情网的人来说，男人同女人的区别是：女人能整天整夜谈恋爱，而男人却只能有时有晌儿地干这种事。”

毛姆真是洞悉人性的高手，总结得入木三分。不能说所有女人都这样，但至少十个有九个是这样的，剩下的一个可能是董明珠那样的事业狂。男人就不同了，他们很难把爱情当成人生的全部，你要问一个宅男游戏重要还是你重要，这比问他掉进池子里先救你还是救他妈更让他抓狂。

电影《滚滚红尘》里，月凤对韶华说："我这样的女人，是爱情动物。"所谓爱情动物，就像 Twins 的歌里唱的那样，恋爱大过天，只要恋爱了，就什么都不管不顾了。我身边很多朋友，包括我自己在内，都是这样的爱情动物。

如何判断一个女人是不是恋爱脑呢？你只要看她是不是一恋爱就从朋友圈里消失就知道了，我们常常笑这种女人有异性没人性，其实自己何尝不是如此呢？只是程度有轻有重罢了，特别严重的那种，就像前文说的雯雯那样，希望每分每秒都和男朋友腻在一起，哪里还匀得出时间给朋友，最好连工作和学习的时间都省下来，全部用来谈恋爱。朋友算什么？这时候连爹妈都不认识了，眼里心里就只有这个心尖尖上的意中人。

有个成语叫利令智昏，恋爱脑上身的女人则是情令智昏。不管平时多聪明、多理智的人，只要一恋爱，智商马上等于零，把男人看得比天还大，会为了他放弃一切应酬，随时待命，也会为了等他一个电话深夜不睡，还会在梦中惊醒几次只为了看他有没有回自己的微信。我以前情令智昏那会儿还没有智能手机，搞得我每次发了短信后就在那拼命地揍自己的诺基亚，觉得一定是它不灵光所以才没法收到男朋友的短信。

我总觉得，这类恋爱脑的女生往往心里都有个黑洞，需要很多很多的爱才可以填满。可现实中的男人，哪里能给得出那么多的爱，毕竟他们除了女人，还有那么多心爱的事物，可以是游戏，也可以是事业；可以是足球，也可以是马拉松。于是女人们就不平了，就失衡了，开始不停地索要，结果却总是适得其反。

我读书时有一首张惠妹的歌很流行，歌名叫《原来你什么都不想要》，那会儿听的时候年纪太小还领会不了其中的滋味，现在再听，觉得歌词简直就是为我们这类爱情动物量身定做的，大家可以感受一下：

> 我知道这样不好，也知道你的爱只能那么少；
>
> 我只有不停地要，要到你想逃。
>
> 泪湿的枕头晒干就好，眼泪在你的心里只是无理取闹；
>
> 以为在你身后是我一辈子的骄傲。
>
> 原来你什么都不想要，我不要你的呵护你的玫瑰，
>
> 只要你好好久久爱我一遍。
>
> 就算虚荣也好贪心也好，哪个女人对爱不自私不奢望……

就像歌里唱的这样，女人明知道男人的爱只能那么少，却还是渴望着对方能好好久久地爱自己一遍，于是就只有不停地要，要到男人想逃。

很少有女人能理解，男人真的和女人不是一种生物，当她们抱怨

男人不够爱自己时，男人往往也倍感委屈，因为他们觉得我已经很爱你了，为什么你还不满足呢！男人不知道，女人要的不是很爱，而是最爱，甚至是唯一，是你的眼里只有我。

所以我们抱怨男人爱得太少的时候，是不是同时应该反思一下自己是否爱得太多了一点儿。过多的爱，并不一定会让对方倍感幸福，反而会成为一种负累，让对方感到窒息和压抑。

曾经我向往的爱情状态就是管夫人在《我侬词》中写的那样："你侬我侬，忒煞情多；情多处，热如火；把一块泥，捻一个你，塑一个我，将咱两个一齐打碎，用水调和；再捻一个你，再塑一个我。我泥中有你，你泥中有我；我与你生同一个衾，死同一个椁。"

可现在我觉得，你中有我、我中有你的爱情太过黏糊了，最理想的状态是：你就是你，我还是我，我们彼此独立，而又互相爱慕。

身为女人，我们最大的问题可能就是爱得太多了，我有一个好朋友曾对我说："我觉得哪个男人都配不上我的深情，好在现在有了儿子，我可以放心地去爱他了，不然那么多爱根本没地方放啊！"

其实何苦来哉，少爱一些，自己落得轻松，男人们也如释重负。这里有一个妙招可以分享给大家，来自我另一个朋友，她的经验是"一个女人可以同时爱几个男人，当然是不同层面的爱，有的男人当爱人，有的男人当朋友，有的男人当老师，这样她就不会过多地爱其中的某一个男人了"。

这话虽然有理，但操作起来估计很难，不如将爱男人的力气省下来一点儿，用来爱自己、爱工作、爱朋友亲人，实在不行的话，爱小猫小狗花花草草都行。总之爱情这东西过犹不及，好的爱情，既要投入去爱的勇气，也需要爱得刚刚好的智慧。

有一个男闺密告诉我，他的终极梦想就是想找一个努力干活还不黏人的小妖精，我估计这是绝大多数男人的终极梦想，二十四小时黏着对方的话，只会成为单面胶，让人厌烦透顶。所以姐妹们，还是朝着这个目标前进吧，即使修炼不成小妖精，至少可以先做到不黏人。

35

有没有那么一瞬间感觉被暖到了

每当心情不好的时候，我就喜欢到网上搜集一些正能量的东西。知乎上有一个帖子，简直就是我的正能量来源，不管有多丧，看看里面的回帖，都会感觉心中一暖。

这个帖子的主题是“你遇过的最温暖的瞬间是什么”，网友回答的都是一些小事，比如快餐店特意在九点后推出打折套餐，让外来的民工可以用极少的钱吃得饱饱的；比如去支教的老师冬天冻得直哆嗦，班上的学生马上把自己的手套拿下来给她戴上；比如心情不好时打电话给初恋，她马上弹了首钢琴曲给他听；比如老爷爷先将菜中的辣椒全部夹走，再让老奶奶吃……

于是我想起了自己生命中那些温暖的瞬间，也许在别人看来无关紧要，当时却实实在在地暖到了我。

有阵子我很不开心，一个素未谋面的网友推荐我去看日剧《悠长假期》，还细心地附上了观看链接。我看了之后，果然很治愈，我现在还记得里面有一段台词："如果有一段时间觉得处处不顺利，你可以这么想，就当作是很长很长的休假，不要总是尽全力冲刺，人总有不顺利，或疲倦的时候，在那种时候，我就把它当成神赐给我们的休假。不必勉强冲刺，不必紧张，不必努力加油……一切顺其自然……"

在我还只有四五岁时，跟爸爸住在他教书的学校里，那时候还没有电灯，我一个人守在煤油灯边发呆。这时候爸爸从家里赶回了学校，带了一碗糯米饭给我，真是又香又甜，我再也没有吃过那么好吃的糯米饭。

学生时代谈过一个男朋友，感情算不上太好，唯一有印象的就是有一次他返校后，站在我们宿舍楼下大声叫我，我下去后看见他站在大太阳底下，满脸都是汗，眼睛亮晶晶的，手里还拿着一个保温杯，见了我往我手里一塞，就跑了。我回到宿舍打开一看，原来是满满一保温杯的炖鸡，可能是我之前无意中跟他说过我最爱吃的就是乡下的土鸡，所以他记在了心上，他从老家坐车到学校，至少得两小时吧？那鸡汤喝进嘴里还是温温的。即便后来我们分手闹得很不愉快，我还是记得那碗鸡汤的滋味，还有他站在烈日下，目光灼灼地盯着我看的样子。

在邵阳读师范时，我有一个特别好的朋友，叫阿香。她有一双乌黑发亮的大眼睛，眼睛里好像老是有一汪水，看人的时候特别温柔。有一天我出外游玩，回来时她塞给我一个鸡蛋，尚有余温。我才知道，那天是三月三。我们老家有三月三吃鸡蛋的风俗，据说吃了能够聪明健康，阿香那时只有十几岁，却记得在街头买鸡蛋时，为我带一个。

在报社做记者时，有一次和并不熟的男同事一起去乡下采访，千年难遇地碰上了下雨。由于是陪同市领导下乡慰问，整个上午都是在泥泞和风雨中度过的。男同事太高，手长脚长，自然是他负责撑伞。最后我们准备打道回报社时，他特意绕到我这边让我先上车，再转身自己上车。多年以后回忆起来，我还是会想起，在某个飘雨的季节，他为了替我遮雨，从车的那边绕到了这边。那段距离，前后加起来不过三米吧！为一个陌生人多走三米的体贴，足以让我和这个冷漠世界的距离拉近不少。

读研时在外面兼职上课，有一次学生反映我上课东拉西扯跑题太远，我很郁闷，坐在办公室里一声不吭，这时一个并不太熟的男老师突然问我：“你叫禹媚是吗？”

我点点头，因为心情实在太坏，挤不出一丝笑容。

他又问：“禹是读雨还是愚呢？”

我回答："读雨。"心里已感觉不爽，我懒得去解释是大禹治水的禹。

不料此君穷追不舍："你自己学校那边没课了吧？"

我点头，实在是不耐烦。

他继续问："在这边上课还好吧，有没有什么压力啊？"

我不置可否。

我突然听见他说："其实学生的话你不必太放在心上，这个学校的学生就是这样的，你阳春白雪就难免曲高和寡，加上众口难调，很难做到使每个人都满意的。"

如春雷击过，我诧异地抬头，他的话让我如沐春风："以后你上你的课，不想上了就让他们自己做作业，或者写篇文章什么的，关键是自己要轻松一点儿，不要太认真了。"

我现在还记得，他叫曾苗，当时新婚不久，脸圆圆的，很可爱。在此之前，我们除了点头微笑打招呼，似乎从来没有说过话。

我们的交谈到此结束，坐校车的时间到了，我也不那么难过了。和亲朋好友的关怀相比，来自陌生人的小小善意，总是能使我们对生活不那么绝望，觉得世上还是充盈着爱和温暖的。

回想起来，我接收过的善意和温暖，可能要大过我给出的，但也有一些人表示，因为我一次无意的举动，曾经温暖过他们。

小学时的班主任特别暴躁，动不动就让学生留堂，发小小争素来是个乖乖女，可有一次她忘记写作业了，也被老师留下来抄写三遍。

从学校到我们村是一条荒无人烟的山路，我担心她写得太晚回去害怕，于是就自告奋勇留下来陪她，在班主任的积威之下，我不敢进教室，只能趴在窗台上看着她一遍遍地抄写。等她写完后，太阳就快下山了，我们手拉着手一起走回家，经过山路时，就大声唱歌给彼此壮胆。多少年以后，她告诉我，当时她怕得要死，幸好我愿意陪着她。

有一次好朋友失恋了，从遥远的地方给我打电话，哭得稀里哗啦的，我不知道怎么安慰她，只好说："我唱首歌给你听好不好？"然后我就对着电话，大声地唱了一首张信哲的《别怕我伤心》。可能是我唱得太投入，好朋友渐渐不哭了。后来她告诉我，那次还蛮感动的，但是我选的歌实在太糟糕了，明明知道她是因为男朋友劈腿才分手的，还对着她唱什么"你和他之间是否有了真感情，别隐瞒对我说别怕我伤心"，要不是知道我不是存心的，她肯定和我翻脸。我一脸尴尬，其实当时唱那首歌，纯粹是因为开头的两句，"好久没有你的信，好久没有人陪我谈心"。

开始在网上写东西后，我经常会收到一些读者的私信。有一次，一个小读者对我说："小姐姐，今天是我的 16 岁生日哦！"我立即给她回复了一段话，大意是祝她生日快乐前程似锦之类的，片刻之后她回复我说："这是我收到过的最好的生日祝福，因为以前我也给喜欢的作家发过私信，但从来没有人回复过我，你是头一个愿意回复的人。"

这些暖人的瞬间，其实都是一些特别细微的小事，却足以在我们原本阴郁的心里洒下一线阳光，让我们感觉到世界很美好，人间很值得。日本漫画家小池一夫在临终前说过这样一段话：“我曾经因为别人微小的恶意感到震惊和受伤，也曾经因为别人微小的善意喜极而泣。所以，这些微小的善意其实比我们自己想象的更有力量，请大家毫不吝啬地发散善意吧！在我们不知道的某个地方，肯定有人会因为我们的善意感到幸福的。”这其实就是我们古话中所说的“勿以善小而不为，勿以恶小而为之”。

余生，做一个不吝惜于散发善意的人吧，哪怕是极其微小的善意，也可以给人带来真真切切的感动。你可还记得，你这一生中，曾被谁温暖过，又曾经温暖过谁呢？这些暖意融融的回忆，任何时候拎出来，都是我们抵抗岁月风霜的最佳手段。

36

别拿“毒舌”当有趣

不知道从什么时候开始，“毒舌”似乎成了一种风尚，关注的公众号里面，不乏冠以毒舌之名的；认识的人里面，也总有些爱走毒舌路数的。抖机灵和吐槽是他们的日常，仿佛不如此的话，就不足以彰显他们的聪明和睿智。

别说，每个人的身边似乎都隐藏着一个以毒舌自居的奇葩。

你穿了一件无袖的衣服，会有人含讥带讽地告诉你：“你不知道无袖这种衣服，是专门为手臂纤细的人量身定做的吗？”

你产后发福去参加同学会，碰到一个二愣子男生，他直言不讳地告诉你："某同学啊，胖成这样还来参加同学会，是对我们男生的集体不尊重啊！"

你换了一个御姐范的头像，口红用的是斩男色，却有人专门给你发私信说："你这头像也太吓人了吧，看起来像个吸血鬼，还是刚吃完孩子的那种。"

你难得在朋友圈里秀恩爱晒一张和男朋友的合影，结果却有人在下面评论说："难怪你之前一直不肯晒合影呢，你男朋友长得也太像小岳岳了吧！"

你好不容易鼓足勇气辞职去创业，有人听了这个消息后，特意转给你一篇文章《上辈子造了孽，这辈子去创业》，还幽幽地提醒你："我听说，今年某栋楼有十个人跳楼，其中九个都是创业的。"

你拉到一笔风投正高兴着呢，却有人冷飕飕地说了一句："只要碰到风口，猪都能飞上天啊！"

…………

这种例子简直举不胜举。我不明白，这些人是不是梁静茹给他们的勇气，所以讽刺起别人来肆无忌惮。如果你说他说话难听，他还会反过来指责你不懂幽默。朋友圈里，总有一两个毒舌男或者毒舌女，但奇怪的是，当大家往一个人身上贴毒舌标签时，他往往不以为忤，反以为荣，有时还沾沾自喜地标榜说："我这个人就是比较毒舌。"对于瞧不上的人，他甚至还翻一个老大的白眼说："你都不配被我毒舌！”

敢情这些人是把毒舌当成了幽默啊，而且是很高级的那种。之前我不太明白什么是毒舌，后来才发现，原来大多数人所谓的毒舌，就是各种怼人啊，而且是花式怼人，怼得越厉害，就越能表明他功力深厚，仿佛不把人往死里怼，就不能显示他的高智商。不信你观察一下，朋友圈里那些以毒舌自居的人，是不是都有一种智力上的优越感，而他们用来展示这种优越感的方式，就是将对方怼得毫无还手之力，从而觉得自己在智商上碾压了对方。

为此我还特意百度了一下，百度百科上关于毒舌的解释是这样的："毒舌的含义并不同于一般意义上的说脏话、爆粗口、语言侮辱等。毒舌的直接效果是挑他人的缺点进行中伤或者打击他人的自信心。在相当多的情况下，毒舌行为可以看作一种特殊的、过火的吐槽。”毒舌也算是一个舶来品吧，这个词语起源于日本。

看到这儿我终于恍然大悟，原来毒舌就是我们通常所说的刀子嘴啊，只不过换了一个马甲而已。毒舌和幽默，看上去很像，实际上差之毫厘，谬以千里。简单来说，以毒舌自居的人往往以攻击他人为乐，幽默的人却宁愿自嘲，也不会把挖苦他人当笑料。

林语堂是第一个把英语“humour”翻译成中文“幽默”的人，他本人也是公认的幽默大师，但他从来不会把讽刺别人当成幽默。太太廖翠凤爱唠叨，每当她唠叨得过分时，他就笑着来一句：“我以为我已经小学毕业了。”女儿们的钢琴老师是一个戴假发的老小姐，眼睛有点儿突出，孩子们在背后叫她“突目金鱼”，他听了后很严肃地说：“不要笑她，老小姐最可怜，现在男女谈自由恋爱，不肯让父母亲为他们做媒，所以才有老小姐。从前，不管一个女人长得怎样，都嫁得出去。”

世人常把幽默等同于毒舌、滑稽，其实幽默和毒舌、滑稽是不一样的，毒舌容易流于刻毒，滑稽容易流于浅薄。林语堂认为，最上乘的幽默，自然是表示“心灵的光辉与智慧的丰富”，欲求幽默，得先有深远的心境，带一点儿我佛慈悲之念头，说话作文火气都不要太盛，听了读了的人才能会心一笑。

也就是说，懂得幽默的人会让人笑，只懂毒舌的人却只会让人尴尬甚至愤怒。如果偶尔毒舌一下还行，可以调节下气氛、增添点儿欢乐，但如果一个人老是嘴上没把门的，把攻击他人当成理所当然，恕我直言，这样说话的人满满的都是恶意，就别怪大家讨厌了。有些东西不要以为换了个马甲，就能变得冠冕堂皇，有些人自诩的毒舌，其实就是嘴欠，就像有些人自认为的真性情，其实就是没教养。

荒唐的是，外来的和尚好念经，从外面传来的概念也吃香，很多嘴欠的人一旦被冠以毒舌之名后，不但不反躬自省，反而扬扬自得，自以为掌握了一套新型的话术，分分钟可以用言语伤人于无形。这些人还抱成一团，互相交流心得，于是网上一个个毒舌小组横空出世，大伙儿可劲儿地比着谁的嘴更毒，还美其名曰语言艺术。

拜托啊，你是不是对语言艺术有什么误解？我所理解的语言艺术，就是好好说话的技巧，而某些人推崇的毒舌，追求的就是如何把话说得难听，这和语言艺术完全是背道而驰的好吗？

在这种风气下，很多人都喜欢拿毒舌当有趣，你要是领略不到其中的趣味，那就证明你是一个无趣的人。事实上，这类人通常都是双标的，他那套标准只是针对别人而不是自己，也就是说，只能他吐槽你，你不能吐槽他；只能他讽刺你，你不能讽刺他。如果谁对着他毒舌的话，我保证他一定会暴跳如雷、火冒三丈。

“我不就是毒舌了点儿吗？”这是他们挂在嘴上的口头禅，他们往往忽略了自己无意中说出的一句话，给别人造成了多大的伤害。

语言的杀伤力是很大的，还是古话说得好，“良言一句三冬暖，恶语伤人六月寒”。说话带刺的人总以为自己在语言方面占有优势，却不知道，话说得不中听，是一件伤人伤己的事。老实说我以前也是这样，仗着有几分小聪明，说话喜欢抖机灵，时不时就爱拿亲朋好友开涮，造成的后果就是大家一听我说话就有点儿怕。直到最近几年，我才意识到这个问题，当我尽量避免去说伤人的话后，我发现身边的人和我相处起来愉快多了，朋友们也更喜欢我了。

那天看清朝人王永彬写的《围炉夜话》，里面写到这样一句话：“气性乖张，多是夭亡之子；语言深刻，终为福薄之人。”后半句的意思大致就是，讲话尖酸刻薄的人，可以断定他没什么福分。

读到这里我不禁悚然一惊，感叹此人写的真是醒世恒言啊。人是一切社会关系的总和，说话难听的人注定拥有不了和谐的人际关系，福薄就是必然的了。熟悉我的人都知道，我是黛粉，很喜欢林妹妹，可我也不得不承认，林妹妹的一大缺点就是说话太过尖酸，所以她在贾府的人缘远远不如待人忠厚的薛宝钗。我所欣赏的民国女作家苏青，也是出了名的牙尖嘴利，比如她吐槽冰心："我从前看冰心的诗和文章，觉得她很美丽，后来看到她的照片，原来非常难看，又想到她在作品中时常卖弄她的女性美，就没有兴趣再读她的文章了。"她又讽刺同时代的女作家潘柳黛："你眉既不黛，腰又不柳，为何叫柳黛？"毒舌成这样，肯定落不了好，所以在她后来落魄时，没有什么人愿意向她伸出援手，和她的好朋友张爱玲一样，她也是在贫病交加中黯然离世的。

毒舌这种事，除了逞一时口舌之快，真的是杀敌一千，自损八百，既刺伤了对方，又折损了自己的福分。对于毒舌惯了的人，要他好好说话可能很难，但是至少可以先做到一点，那就是不故意去说伤人的话，不刻意去给别人添堵（这也是我对自己的最低要求）。你下次还想吐槽别人的时候，请先记住，没有人喜欢给自己添堵的人，我相信你也一样，所以积点儿口德吧！

37

我想抱抱小时候的爸妈

爸爸妈妈真的老了。

人老了，最大的特征是变得啰唆了，每次打电话，絮絮叨叨，总是说那些事。

刚说过的一句话，没过两分钟他们又重复一遍。

上一次我妈给我打电话，开头一句是："要是不舒服你要记得去医院看看啊！"快挂电话时，她临了又补一句："一定要去医院看看啊，楼下的那家健民药店有个老中医就挺好。早点儿去，免得排队。"

说她啰唆她还不承认。关于她去北京旅游的事儿，念叨了起码上百遍，每个细节都翻来覆去地描述，以至于她一说登长城，我就能接着说：“我知道，你去的那回，好多外国人背着小孩在那登长城。”她听不出我的言外之意，还喜滋滋地补充：“是啊，都是粉红色的外国小毛头，太好看了。”我心里很不以为意。

这些陈芝麻烂谷子的事，我都听得两耳几乎生茧了。

不过也有听不厌的，我喜欢听爸妈讲他们小时候的事。

爸妈的童年记忆离不开两件事，一是劳动，二是饥饿。

妈妈有八个兄弟姐妹，家里人口太多，分到每个人嘴里的口粮就太少了。

但那时候至少能吃饱，只是没有足够的大米，只好用杂粮来代替。妈妈印象最深刻的记忆就是吃红薯。她告诉我，早上吃的是“整猪整羊”，意思是只吃蒸红薯；中午是“芝麻拌糖”，意思是在饭上蒸一点儿红薯；晚上则是“吹吹打打”，吃的是煨红薯，需要拍灰吹打。

妈妈说这些的时候，眉飞色舞，绘声绘色。我一直认为，她有做民间说书人的潜质。作为听众的我，很为八个兄弟姐妹怎么抢食着急，想当年，我和弟弟没少为抢好吃的打架。听到我的问题，妈妈白了我一眼：“哪会抢啊，一个个都可懂事呢，只吃自己的那份。想着要让给大人吃，大人要干活啊！要是有客人来的话就不上桌。”

物质生活这么艰苦的童年，也有快乐的一面。

在妈妈的记忆中，他们兄弟姐妹都很友爱，小舅小时候奶不够吃，姐姐们就拿开水泡饼干喂给他吃，喂得又白又胖的。小舅是一个馋小孩，如果哥哥姐姐们有什么好吃的不给他，他就顺势往地上一滚，说："你以为我不会生气打滚啊？"大家都笑他："可别这样，把地上的灰都滚走了。"他一得意，反而翻滚得更厉害了。小舅现在不苟言笑，一年四季喝得醉醺醺的，想不到小时候居然这么萌。

妈妈是大姐，经常要带着弟弟妹妹去田间山上找吃的。这对小孩子来说是件很快乐的事，那时哪有什么零食啊，乡间孩子的一点儿美味都是拜山野所赐。

妈妈说，她小时候到处都是野生的团鱼（甲鱼），有时去草地里玩，都能踩到个团鱼。他们赶紧提回家，让外婆宰杀，几个小的吃肉，大的分口汤喝。

那汤真是鲜美啊，妈妈数十年后提起来仍念念不忘。

爸爸口才没妈妈好，也不习惯和儿女拉家常，所以关于他童年的事我都是听奶奶和妈妈讲的。爸爸和妈妈一样，也出生在一个大家庭里，有五个兄弟姐妹，他也是老大。爷爷四十来岁就患病去世了，那时我最小的姑姑只有两岁。

穷人家的孩子早当家，有句话说少年老成，爸爸从童年开始就十分老成。

奶奶有一次回忆说，爸爸很小就显示出勤劳的本性，他只有三四岁时，就一个人拿着小刀上山去砍柴。力气太小砍不动大树，他只能砍低矮的灌木，砍了后整整齐齐地扎好背回家，一小捆一小捆地垒在厨房门口。知道的人都称赞他了不起，干起活来比有些大人还有模有样。

每当我听到这个故事，心情都十分复杂，有一点儿心酸，但更多的是骄傲。

我想象着儿童时期的爸爸，挥舞着小刀奋力砍柴的样子。他是不是跟弟弟小时候一样，有着苹果般的圆脸和一双短肥的小手呢？大山里的灌木，一定比那时的他还要高吧！

正是因为这样的勤劳勇敢，我爸一直挺瞧不上我和弟弟，觉得我们又懒又馋，连双袜子都洗不干净。在老家时，我和弟弟都爱睡懒觉，迷迷糊糊中就听见爸爸清早起来拖地擦玻璃打扫屋子，一边打扫，一边骂骂咧咧："都这么懒，不是我，这个家就成猪窝了。"在劳动方面，他的要求近乎完美，连我妈干的活他都不满意。

这么勤劳勇敢的爸爸，童年时也会犯全天下的小孩都爱犯的毛病——爱吃。

有一次在饭桌上，妈妈无意中说起了爸爸小时候的一桩往事。那时正是困难时期，家里没饭吃，奶奶好不容易找来一些干枯的红薯藤磨成粉，做成黑漆漆的蒸团子。

这样的团子能有什么好吃的？

可爸爸就是要吃。那时候家里的口粮都是要优先给大人吃的，大人吃了饭才有力气干活。爷爷见爸爸这样不听话，就提着他把他浸到了水里。谁知爸爸一从水面浮出头，还是哭着说：“我要吃团子！”如此浸了几次，不管他怎么哭，团子还是没吃着。

听到这里的时候，我看着一桌子的菜，再也吃不下去，眼泪吧嗒吧嗒地掉到了饭碗里。我真想把桌上的猪血丸子、粉蒸排骨通通让给小时候的爸爸，想吃多少就吃多少，那样的话他就不会坚持要吃红薯藤做的团子，更不会被爷爷提着往水里浸了。

曾经有一个烂大街的问题是，“假如可以穿越时空，你最想去哪个时代生活”。

我现在已经过了迷恋穿越剧的年龄，但如果有机会穿越时空的话，我倒是很想回到爸妈的童年时代。我想看看爸爸妈妈小时候是什么样子，想给妈妈送去一件漂亮的花衣服，想捎一碗红烧猪蹄给一直吃不饱的爸爸，想陪着他一起上山去砍柴，在皎洁的月光下，一人背着一小捆柴唱着山歌走回家。

亦舒的小说《朝花夕拾》，就讲述了这样一个故事。生活在 2035 年的女主人公的生活乏善可陈，和母亲的关系尤其不佳，她总是嫌母亲太过守旧啰唆。

偶然的一次车祸让她穿越到了多年以前，那时的母亲尚是一个不足 5 岁的幼儿。真奇怪，她嫌弃自己年老的母亲，但对幼年时期的母亲却无比体贴。

这是我读过的亦舒写得最动人的一部小说。很多人都像小说中的女主角一样，觉得父母面目可憎、言语无味。我们都忘了，即使是现在垂垂老矣的人，也有过童年啊，他们也曾被父母捧在掌心，他们也曾有过胖嘟嘟的脸蛋和小手。所以，当你厌倦他们的时候，想想他们的小时候吧，也许你会对他们多一分理解和温柔。

现实不是科幻小说，人们不可能像小说《朝花夕拾》中的女主角那样穿越时空，去爱护幼小的母亲。我们只能眼睁睁地看着父母一天天老去，变得衰弱，有一天，他们会变成婴儿的状态，喜欢生气，需要人照顾。

我不知道，上天还能给我们多少时间相处，但是，且让我在剩下的每一天里，守护你们，爱惜你们，就像你们一直这样守护着我，爱惜着我，让我们彼此温柔相待。

38
那些路过心上的味道

前不久，应好友杨同学之邀，我带着妈妈和宝宝去她家吃饭。刚认识那会儿，杨同学一直不忘吹嘘自己的厨艺，后来我总算见识到了，她所谓的厨艺就是一锅烩，不论春夏秋冬都以火锅待客。这次照例也是火锅，不过材料特别丰盛，光是火锅里的食材，就有腐竹、海带、冻豆腐、鱼头、午餐肉和各类蔬菜，还有从湖北快递过来的腊肉，此外还蒸了香肠，拌了蕨菜。

除了我们两家人，还有初次见面的朋友，旧友新知，围着热气腾腾的火锅共话家常，和下馆子相比别有一番风味。我一直觉得，“请你到家里来吃饭”意味着友谊的一个里程碑。

初相识的朋友，往往是在外面找一家小馆子相聚。等到关系日渐亲密，就会请对方到家里尝尝妈妈做的菜。而衡量友谊的最高标准之一，应该是到了好朋友的家里，可以嚷着说：“阿姨，我想吃你做的酸萝卜炒猪大肠！”

像我这种拖家带口两手空空上门去吃的，不消说，是吃准了我们的友情到达了一定阶段。

女人之间的友谊，不像男人那样粗枝大叶，往往是在一饭一蔬的细节处见真章。从这个角度来说，只有熟谙了彼此妈妈最拿手的家常菜，才当得起“情同姐妹”这四个字。

说到在家吃饭，广东人有一个非常传神的说法，叫“住家饭”，简简单单三个字，尽含了家的温暖可亲，比通常所说的家常菜更为形象亲切。可惜的是，尽管客居广东多年，但我从来没有到本地人家中吃过“住家饭”，倒是常去同样客居此地的湖南老乡家吃饭，这是否说明了，我们终究是这里的异乡人，注定无法从此处获取老家唾手可得的乡情？

倒是有朋友生了小孩后，我上门去探望时，曾吃过当地阿嬷煲的猪脚姜。此地风俗，凡坐月子的女人必须每天都吃猪脚姜，里面还放姜醋蛋，做法和我们的糖醋排骨有点儿像，浆汁甜稠，吃多了有点儿腻人。可当时我初尝时，只觉得大为惊喜。也许是因为，那是我第一次尝到广东人亲手做的家常菜。

我是喜欢去别人家里吃住家饭的，这点可能是受父母影响，他们都是热情爽朗的人，最爱留人吃饭，也爱去别人家做客。幼年时，我最爱往隔壁的义奶奶家里跑，她家小孩多，一年四季都蒸有甜酒，也就是一般所说的醪醩。

小小的我总是一到她家里就往桌子边上跑，嘴里还喊着："义奶奶，上甜酒……"慈眉善目的义奶奶闻讯就会端出一碗甜酒。印象中她总是笑眯眯的，从未厌烦过我的嘴馋。

读初中那会儿，我常常去爸爸的同事刘老师家吃饭，甚至一度留在她家里睡觉，在同吃同宿中和她的两个女儿建立了深厚的"革命友谊"。

刘老师举家嗜辣，所有的菜都是重油重辣。她做的辣子炒鸡要放两种辣椒，干辣椒用来调味，新鲜红辣椒用来配色。鸡都切成小小的丁，掩映在一片红中，分外香辣诱人。我曾经戏言，刘老师做的辣子炒鸡其实是鸡炒辣子，主次易位了。后来我每次去她家，刘老师都会专门为我做这个菜，她总是记得"阿媚最爱吃辣子炒鸡"。

我爱吃住家饭，爱的就是那份家常和随意。在外面吃饭时总是有诸多拘束，酒楼就不用说了，上档次点儿的连大声说句话都不行，即便是大排档，也不如家里来得随意。和朋友在家里相聚，永远不用担心饭店何时打烊，更不用管吃相如何。相熟的朋友在一起，想怎么吃就怎么吃，想怎么坐就怎么坐，吃饱之后，坐卧随意。这时再泡一壶清茶，品茶夜话，真是人生至乐。

所以民国时期的人爱在家里举办沙龙，不过我疑心他们的沙龙是清谈沙龙，顶多就是一个茶话会。当时最受热捧的沙龙女主人是林徽因，她看上去不食人间烟火，我私心以为，如果她能有一手好厨艺，也未尝不能为沙龙增色。

如果要选一户人家去做客，我多半会选择去《浮生六记》中的芸娘家。芸娘虽然家贫，但善于花很少的钱做出可口的菜，“瓜蔬鱼虾寻常物，一经其手”，便有“意外味”。很多文人对她所精心制作的梅花食盒津津乐道，我却更喜欢她各种怪异口味的兼容并包。书中记载她喜食豆腐乳和虾卤瓜，沈三白嫌丑，芸娘便用卤瓜捣烂拌卤腐，加少许麻油、白糖，做成“双鲜酱”，沈三白也渐渐爱吃。芸曰：“情之所钟，虽丑不嫌。”

这句话真是戳中了吃货的死穴啊。吃货就是这样，“情之所钟，虽丑不嫌”，所以我纵然披着女文青的皮，喜欢吃的却是文青们所不屑的各类食物，比如说，臭豆腐和酸萝卜炒猪大肠这种“上不了台面”的东西。作为同道中人，我真想吃吃芸娘做的双鲜酱啊！

我爱吃住家饭，还因为可以尝到很多主妇（现在包括主夫）的拿手菜。每个主妇总有那么几样当家菜，做得一手好菜的主妇，就是吸引客人的一大法宝，即便是像薛姨妈这种家里奴仆成群的，也做得一手好鹅掌，引得宝玉频频往她家跑。

过年的时候我去一个同学家拜年，他妈妈做了一桌子的菜，最美味的是一道剁椒蒸鱼。剁椒鱼头本是湖南名菜，他们家蒸的却是全鱼，鱼切成两半平摊在一个硕大的盘子里，足足有脸盆那么大。鲜红的剁椒覆盖着雪白的鱼肉，光是卖相就已经让人流口水了，吃一口更是满嘴鲜香。

那是我吃过的最好吃的剁椒蒸鱼，据说秘诀是鱼一定要够鲜，现买现杀之后马上上锅蒸。想想在饭店里哪可能给你用鲜鱼，为了出菜的速度，鱼头往往都是做熟了的，等你点菜后再回锅蒸一下而已。这就是住家饭的宝贵之处，真材实料，慢火细工，绝不会因为赶时间而仓促烹饪。

我曾经去一个朋友家吃饭，她婆婆本来不善烹饪，可是也有拿手菜“镇家三宝”。我记得其中“一宝”是白切鸡，的确鲜嫩可口，还有“一宝”是猪脚粽，将整个猪脚包入粽中，放高压锅里蒸几小时才熟透，吃进嘴里满口流油，肥而不腻。

古时候有个巧媳妇，据说她能用两个鸡蛋做出四道菜：一道是两个纯蛋黄，搭几根青菜丝；一道是将熟蛋白切块排成一字；一道是清炒蛋白；一道是清汤上漂着两只蛋壳。这正好对应了杜甫的那首诗——“两个黄鹂鸣翠柳，一行白鹭上青天。窗含西岭千秋雪，门泊东吴万里船。”之所以会想起这个故事，是因为我妈妈也属于这类巧媳妇，能够用极少的材料做出一桌子菜。

有一次家里来了客人，妈妈来不及去买菜了。冰箱里就剩下一根胡萝卜，半根玉米，几根广式腊肠，一块冻肉，还有些咸菜什么的，在她手里居然变出了四道菜：胡萝卜炒肉、胡萝卜玉米腊肠炒三丁、咸菜肉汤、腊肠切块清蒸。

小时候，妈妈更是善于从大自然中找材料，雷雨后的地衣，池塘里的田螺，还有田垄上的野菜，山间的枞菌，为我们家的餐桌增添了多种乡野的味道，想必吃过的客人们都还有印象吧！

住家饭也不一定都是如此简素的，像京城出名的谭家菜，其前身就是谭宗浚老爷子的一位如夫人亲手做的住家饭。因其是同治二年的榜眼，又称“榜眼菜”。那可不便宜，四十金一席，寻常人压根吃不起。菜式自然也是名贵非凡，最知名的“三味”分别是鸡、海参和鱼翅，据说虾子海参特别入味，鸡肉纯用油烧不加水，鱼翅更是味甲京城。当时想吃谭家菜的人得提前订席，最多两筵，多了谭夫人也忙不过来。

如今的谭家菜倒是门槛低了许多，普通人也能吃上。

2008 年，我去北京出差的时候曾经和同事去吃过一次，由于预算的问题，一桌人点的菜大多是平价菜，传说中的“三绝”并未尝到。不过就吃到的那些菜来看，不仅分量少，而且味道很一般，未免辜负了谭家菜的盛名。可见要吃地道的住家饭，还是得开小灶做小锅饭，一旦量化生产，就远离了最初的风味。

39

别害怕和这个世界不一样

最近我加了一个初中同学的微信群，赫然发现，老同学们对我当年的那些糗事还记得那么清楚。

一个同学说："你们谁看过媚当年写的武侠小说吗？"

另一个同学说："当然记得啦，《〈笑傲江湖〉后传》，班上很多同学都看过，她总是在课堂上写武侠小说，可惜最后全被老师没收了。"

有人跳出来说："我真佩服她，上课总是睡觉，考试还能拿第一。"

又有人说："还总是和老师们对着干，当时那个家里开小卖部的政治老师批判她，我可生气啦！”

…………

我在群里一般隐身不说话，但看到这里默默尴尬了一阵，决定还是跟大家打个招呼，谁知道一现身，居然有人对我说：“女神来了！”

我知道“女神”这个词现在已经被严重滥用了，但再怎么滥用应该也用不到我身上吧！我读初中那会儿，长得跟个土豆似的，瑟缩地躲在亲戚给我的旧衣服后面，哪点儿都和女神不沾边。

更令我想不到的是，竟然还有人附和说：“不管是男生还是女生，大家都认为媚是我们的女神。”

在这个群里，我收获了有生以来最多且最高的赞美。哪怕在我个人的读者粉丝群里，都没有人这样毫无保留地赞美过我。

一聊起工作，就有人说：“以你的才华，在你们那个小报社混，简直不用吹灰之力吧！”

我辩解说完全不是这样，身边比我干得好的人多了去了呢！

有人建议我：“你这样的人才应该去大城市、一线城市，不然也太屈才了。”

当我抱怨说工作没什么意思时，马上就有同学冒出来说：“不招人嫉是庸才，我相信你，不干这个就干别的，不管你做哪一行都会是佼佼者！”

佼佼者？估计我上司和同事听了，都会把大牙笑掉吧！他们肯定完全想象不出，像我这样一个貌不惊人、平平无奇的女人，究竟是凭借着什么让这些人觉得她是个女神的呢？难道她小时候美貌非凡，现在已经严重长残了？

事实上，我从来都没做过女神，之所以让同学们印象深刻，可能是因为我在他们的青春岁月里，扮演了一个类似怪人的角色。

如果要用一句话来概括我的少女时代，那只能是：她一直致力于让自己与众不同。

我是好学生中的叛逆者，也是刺儿头里面的高分生。我的行径和一个典型的差生毫无区别，无非是上课睡觉，偶尔逃课；和老师作对，和同学们拉帮结派，整天把金庸古龙的书放在课本下偷看。等到考试时，我又会摇身一变成为好学生，考出一个不错的成绩。

除了同学们记得的那些糗事，我做过的令人瞠目结舌的事，包括但不限于以下这些——

被体育老师恶意辱骂，体罚后不服气，拿起扫把冲到他办公室里宣称要打他；

因为顶嘴被生物老师赶出教室，在校园里笑嘻嘻地游荡了大半个月；

和一个男生打架，班主任走过来说，有种你们当着我的面再打，我扬起手就给了那男生一巴掌，气得班主任发誓再也不管了；

和班上几个刺儿头男生结成小团体，模仿当年盛行的古惑仔，时不时地干些对抗老师、离家出走之类的事，如果没有记错，好像还把乖乖女的同桌拉进了这个小团体；

中考前参加县里的拔尖考试时，数学留了四十分的题目没做，理由是“读书太没劲了我不想再读书了”，又一次把班主任气成内伤，她本来还指望着我能为班争光呢！

现在想起来，我真是劣迹斑斑啊！

这种种行为，构造出的完全就是一个神经病少女的形象。可在少年们的眼中，没什么比与众不同更令他们印象深刻了。小镇少年的青春太过平淡无奇，总算有那么一个闪闪发光的神经病，点缀了他们乏善可陈的中学记忆。他们记得我，可能是再也没碰到过像我这样的怪人了。

人年少时，总是太过执着于让自己表现得很特别，以上说的那些“壮举”，一小半是出自我的本性，一大半是因为我太渴望与众不同了。想想看，一个长得不那么漂亮又没什么才艺的姑娘，除了特立独行，还有什么办法能让她吸引同龄人的目光呢？

就这样，我成功地让很多人记住了我，以至于在和初中同学重逢时，总是有人会说，“呀，你当年可真特别啊”。

长大之后，我才发现，原来在成年人的世界里，“特别”并不一定是一个褒义词，很多时候，它甚至不是一个中性词，而是带着浓浓的贬义。

人们对那些为人处世不符合主流价值观、不那么圆滑的人，总是会暧昧地称之为“特别”。

所以在很长一段时间里，我最怕听到的评价就是“你很特别”。听到这样的话，我总会下意识地想：特别什么呢？特别蠢？还是特别不可救药？

刚刚长大成人的我，在外面的世界碰得头破血流，最希望做的事就是磨去身上的锋芒，以融入社会。

所谓融入社会，说白了就是渴望得到世俗意义上的成功。

人们说，只有那些八面玲珑、处处讨喜的人才有可能混得风生水起。我知道我不是这样的人，可是为了成为大家心目中的成功者，那就硬着头皮去学呗！

自古至今的励志故事都告诉我们：你没法让社会适应你，只有你去适应社会。

我曾经花费那么大的力气去证明自己与众不同，到后来，却花了更大的力气去证明自己没什么特别的。真是难以想象，那个曾那么害怕自己“泯然众人矣”的少女，长大后最害怕的事却是和别人不一样，多么具有讽刺意味啊！

那段日子是我生命中最不开心的一段时间，因为我总是在强迫自己和别人一样。每次我遇到很厌恶的事情，就跟自己说，别人能做到，那么你也一定能做到，不然你就是一个彻头彻尾的loser（失败者）！

我是有社交障碍的人，有一段时间居然为了所谓的人脉，去参加一些很不喜欢的饭局。我坐在饭桌上不时地出神，还得维持着僵硬的微笑。还有一阵，我为自己不会拉广告感到深深的挫败，不停地在朋友圈里问同行：一个拉不到广告的记者是不是就是一个坏记者？

足足有十来年的时光，为了成为大家眼中的成功者，我费尽了全力，用尽了法宝。结果就是，我不但没有成功，还陷入了自我厌弃的深渊。那段时间的我，活得就像行尸走肉，又拧巴又焦虑，一点儿都不开心。QQ 的签名用得最久的话是改自穆旦的一句诗：才知道我付出全部的努力，也不足以完成普通的生活。

当然，这些都是自我认识。在很多人的眼里，我原本只是一个乡村女教师，现在能生活在珠三角某个富裕的城市，做着一份看上去还算体面的工作，房子车子也都有，已经达到了我所能达到的极限。

我曾经一次次地问自己：为什么那么多人觉得你过得还不错，但是你却一点儿都不开心呢？

有一次我和朋友小凤聊天，说到我这些年的拧巴过往，她提醒我说："媚啊，你这么努力，很大程度上是想证明给那些不看好你的人看，你远比他们想象的要优秀。我觉得你这样做好可惜，老子说过一句话叫'治人事天，莫若啬'，人的精力有限，你为什么要把精力花在那些不必要的证明上呢？你只要停下来看一看，就会发现还是有很多人喜欢你、欣赏你的啊！"

这话具有醍醐灌顶的效用，但人总要真正经过一些事之后，才会真正觉悟。

这种拧巴的状态一直持续到去年。去年我们家发生了一件大事，那件事对我和我的家庭来说，称得上是灭顶之灾。

以前在我的人生信条里，人只要努力就没有过不去的坎。在那件事发生之后，我才知道，人力再强大，也强不过命运。我们总说人定胜天，这时上天就会安排一些障碍来教会你，有些事情不是你努力就能战胜的，比如灾难，比如疾病。

在那件事发生之后，我常常想，我们永远不会知道，明天将会发生什么意外。正因如此，我们活在世上的每天都是如此珍贵。有幸来到这个世界上的人，原本都是独一无二的，可很多人走着走着，就迷失了本来的自己。

我终于明白，这些年之所以那么不开心，是因为我把自己弄丢了。

我以为的努力，其实大多数时候不过是在复制他人的生活方式和理想追求罢了。

认识到这一点后，我开始尝试着找回自己。

在做任何一件事之前，我都会先问自己："这是你真正想要的，还是大家认为你必须做的？"我把更多的精力和时间花在最喜欢的事情上，看看书，写写文章。

从那时开始，就算每天再累，我都会坚持写点儿什么。写作，是为了不辜负小时候的梦想，更是为了不负此生。

如果一个人的成就有极限的话，那也是竭尽全力之后，才知道自己的极限在哪。

与很多人推崇的享受悠闲相比，我其实更享受拼搏时的快感。

很多别人轻易就能做到的事情，我承认自己做不到，但那又怎么样，我能轻易做得到的事，别人也未必能做到。你不能让一只鸟去游泳，就像不能让一条鱼去飞翔。三岁看老，我从小就是个怪人，长大了再怎么努力也遮掩不了非主流的气质。

没想到放弃对成功的追求后，我反而在某种程度上获得了自由——以前我总是担心失业，现在即使失业了，也觉得没什么大不了的，我不单靠这份工作挣钱。

从少女时代希望自己和别人不一样，到如今接受自己和别人一样，我好像又回到了原点。但是我知道，现在的我已经不再是那个喜欢拗造型的另类少女了，与众不同也好，庸庸碌碌也罢，我都接受自己本来的样子。和征服全世界相比，我更愿意取悦我自己。

年少时眼高于顶，自以为一伸手，功名利禄就唾手可得。曾设想我 30 岁的时候，一定已经功成名就，优雅非凡。哪里想到，如今年过 30 岁，和成名发财都不沾边，和优雅更是不沾边。如果被初中的同学们看到我现在一地鸡毛的生活，估计会大跌眼镜吧！

你看，哪里有什么女神，年少时再桀骜不驯的姑娘，最后都难免会堕入凡尘。

庆幸的是，自己还保有年少时的一些品质，比如勇敢、热血、永不言弃。我没有做到像期待中那样的潇洒如风，却远比期待的还要坚韧。在自己真正喜欢的事情上，我从来没有放弃过坚持。

很多年以前，一个姐姐用“有妹如剑”来形容我，可见小时候的我多么锋芒外露。现在的我已经懂得把锋芒收敛于内心之中。别人看不出来最好，我自己知道它还在就好。

我有时也嫌自己不美、懒惰，不够乐观和坚定，我承认我有很多缺点，我也期待着自己能够变得更美好一些、更丰富一些。但是如果时光重来，我想我必定还是只能成为现在的自己，在遥远的初中时代，这个我已经显示她最初的面貌。

尽管现在的我还是有种种的不完美，但我喜欢这样的自己。要知道，让一个长时间厌弃自我的人能够喜欢自己，那是多么不容易。

在通往坟墓的路途上，我希望能勇敢而坦荡地迎接每一天，面目越来越清楚。我愿为此付出任何代价。这是我 28 岁生日时写给自己的寄语。很高兴，至少到目前为止我做到了。